송홍만 제18시집

예수님이
아파하실
거예요

한누리미디어

국립중앙도서관 출판시도서목록(CIP)

예수님이 아파하실 거예요 : 송홍만 제18시집 / 지은이: 송홍만.
-- 서울 : 한누리미디어, 2014
  p. ;   cm

ISBN 978-89-7969-492-5 03810 : ₩10000

한국 현대시[韓國現代詩]

811.7-KDC5
895.715-DDC21   CIP2014030944

광교산마루에 넘실대던 고운 단풍물결이 중턱까지 내려온 오늘은 골짜기 흐르는 맑은 물소리며 파란 하늘 지나는 하얀 뭉게구름 산새들과 정든 길 걸으며 온갖 아름다움에 감사의 찬양이 넘치는 짧은 가을 낮입니다.

다사다난했던 한 해 동안에 슬픔의 눈물, 노여움의 눈물, 감사의 눈물이 그치지를 아니 하였습니다.

눈물 속에서 영원불변하신 말씀으로 은혜 받아 한 수 한 수를 모아 백한 수를 엮었습니다. 부족한 솜씨 너그럽게 여겨주시면 고맙겠습니다.

목사님의 분에 넘치는 격려사에 몸 둘 바를 몰라 어리둥절하였습니다. 더욱 노력하라시는 말씀으로 깊이 간직하고 감사하며 살겠습니다.

사랑하는 형제자매들이여!

몸과 마음은 일흔 일곱 살이건만 믿음으로는 젖먹이 어린 아이이니 젖내 풍기며 옹알이한 것으로 여겨주시기 바랍니다.

한누리미디어 김재엽 사장님께서 이처럼 정성껏 편찬하여 주심을 감사합니다.

7

2014. 10. 23

송 홍 만 올림

송홍만 시인의 글은 한 자 한 자, 한 줄 한 줄 속에 강력한 생
명력이 배어 있다. 해박한 지식, 삶의 깊은 교훈, 탁월한 영감!
그의 정신적, 영적인 세계는 참으로 높고, 깊고, 넓기만 하다.
그의 글을 대하다 보면 인생의 모호한 안개는 걷히게 되고, 항
구의 등대가 목적지를 정확히 알려주듯 인생행로의 등대가 되
어준다.

한 장 한 장 애독하다가 보면 심령의 묵은 때는 깨끗하게 정
화되며, 세상 욕망으로 출렁거리던 심령은 어느새 잠잠하고
차분해진다. 참으로 신비로운 치료의 묘약이 아닐 수 없다.

가을 산속을 깊이 들어가면 곱게 물든 단풍과 갖가지 열매들
로 인하여 풍성하고 뿌듯하듯이 이번에 발간되는 제18시집
《예수님이 아파하실 거예요》 속에도 진리의 양식이 가득하고
도 풍성하기 그지없다. 흘러가는 물과 같은 그의 글 속에는 어
린이나 어른이나, 남자나 여자나 모두가 커다란 감명을 받게
되고, 인격의 도야, 영적 성숙을 가져올 것이 너무나 분명하다.
우리 곁에 훌륭한 송홍만 시인이 함께 있다는 것은 참으로 커
다란 축복이 아닐 수 없다.

이 좋은 천고마비 독서의 계절에 인생의 나침반 같은 그의
책을 가까이 하여 인격도, 영성도 훌쩍 자라기를 기도합니다.
좋은 시집을 발간하여 주신 송홍만 시인에게 감사드립니다.

2014. 10. 19

수원제일감리교회 담임목사 이 정 찬

차례 Contents

9

차례 Contents

제2부 예수님이 아파하실 거예요

제3부 내게 주신 삶의 기쁨

11

차례 Contents

제4부 산 너머 마을로 가는 길

12

제5부 하늘에 쓰고 싶은 글

13

차례 Contents

제 6 부 예수님은 나의 주인

제 **1** 부

예수님은 어떤 모습일까

내 마음 속에 있는 밭

내 마음 속에 있는 밭 네 자리
길가 밭, 돌 밭, 가시떨기 밭, 그리고 좋은 밭
씨를 뿌릴 때마다 다른 밭에 떨어진다

어느 날 부르지도 아니 한 농부 한 분
좋은 씨라며 뿌리고 간 후
얼마 지나간 뒤에 가서 살펴보았다

길가 밭에는
밟히거나 새들이 먹어 버려 한 포기도 나지 않았다
좋은 씨라기에 뿌리는 대로 두었더니 밭만 묵었구나

돌 밭에는
싹이 나왔다가 뿌리를 내리지 못하고 말라 버렸다
듣고는 어이없어 돌아서며 잊었더니 말라 버렸구나

가시떨기 밭에는
사이사이 좋은 흙에서 자라다가 가시에 기운이 막혔다
소중히 여기긴 했지만 다른 일로 돌보지를 아니 하였구나

16

좋은 밭에는
무성하게 자라 풍성하게 결실을 하였다
소중히 받아 좋은 마음으로 기다려왔지

이 좋은 밭은 믿고 순종하는 자의 밭
아직은 내 밭이 아니오
꿈속의 밭, 소망(所望)의 밭이구나

(2013. 11. 15)

*예수님의 씨 뿌리는 자의 비유(마태복음 13:1~9, 13~23. 마가복음 4:1~9, 14~20. 누가
복음 8:4~8, 15)를 읽으며

17

가슴 아파라

홍성(洪城)에 있는 서해 바닷가 행산 마을
백야 김좌진 장군 생가

이천만 동포의 아픔을 달래주신
청산리대첩(青山里大捷) 장하여라

"적막한 달밤에 칼 머리의 바람은 세찬데
칼끝에 찬 서리가 고국(故國) 생각을 돋구누나
삼천리 금수강산에 왜놈이 웬 말인가
단장(斷腸)의 아픈 마음 쓸어 버릴 길 없구나"[1]

나라의 고비마다 우국충정(憂國衷情)으로
지켜주신 어르신들의 은혜 망극하여라

으뜸으로 훌륭하신 어른(백야白冶)[2]
아프신 마음 아직도 감싸드리지 못함

칠 십여 년을 입만 놀리고 있는
어리석음 죄송스러워라

호국영령(護國英靈)이시여
어이 뵈오리까! 어이 뵈오리까!

(2013. 11. 22)

1) 김좌진(金佐鎭, 1889~1930) 장군의 단장지통(斷腸之痛)
2) 김좌진 장군의 호 백야(白冶)의 뜻을 나름대로 풀이해 본 것. 흰 호랑이라는 뜻으로도
본다

19

시집 갈 날 다가오니

하얀 휘장(揮帳) 안에서
포근한 손길에 감싸여
초저녁 푹 자고 나니
고요한 새벽이다

그리운 임 은혜(恩惠)하면서
보내주신 연서(戀書)
한 글자 한 줄을 놓칠세라
한 땀 또 한 땀 수(繡) 놉니다

벽오동(碧梧桐) 잎이 구르는 의미(意味)
유성(流星)이 남긴 여운(餘韻)
세상(世上)의 소란(騷亂)
이 별당(別堂)을 넘보지 못한다

시집 갈 날 다가오니
몸과 마음과 정성을 다하여
그리운 임을 은혜하며
오실 임을 맞이하련다

(2013. 11. 26)

20

예수님은 어떤 모습일까

성화(聖畵)에 예수님의 모습은
승천하신 후 사 백 년이 지나서야
화가들의 상상으로 그려진 것이란다

예수님은 어떤 모습일까
부잣집 맏아들 아니면
왕자님보다 늠름하고 씩씩하겠지

이사야 선지자는 말하였다
연한 순 같고 마른 땅에서 나온 뿌리 같아
고운 모양도 풍채도 없어 흠모할 만도 못하다고

누우실 자리 없어 마구간에 나시고
헤롯의 학살명령으로 애굽으로 피하셨고
나사렛 시골에서 목수일을 배웠고
복음사역을 하며 핍박, 치욕, 배신의 고통을 겪은
보기에 슬픔의 사람이었다

인생의 고통을 체험한 자
고통을 잘 알고 있기에

예수님이 아마하실 거예요

우리를 고통에서 위로하여 주신다

아담의 범죄 이후 죽어야만 하였으나
사망권세 이기시고 부활하심으로
이를 믿는 우리에게 영생의 소망을 주시었다

위로하여 주시는 모습
소망을 주시는 모습
그 모습 바라보며 살기를 소원합니다

(2013. 12. 6)

*수원제일감리교회 이정찬 담임목사의 '연한 순, 그리스도' (이사야 53:1~3) 설교를 듣고

혈당을 재어보다가

이른 새벽 식전 혈당을 재어보다가
혈당치(血糖値)가 130내지 140이 훨씬 넘으면
어제 무엇을 먹었나, 활동은 얼마나 했나를 돌아본다
당뇨(糖尿)의 현상은 스스로 느낄 수 없는지라
재어보아야만 알 수 있는 현상이다

오늘은 200이 가까워 어제를 돌아보니
둘째 딸 부부와 외손녀가 와서
점심으로 오리 훈제를 먹고
저녁에 군고구마를 보고는 이것쯤이야 하고 먹었다
기억은 가물거려도 기계는 정확하구나

23

혈당을 재어보지 아니 하고는 모르듯이
믿음의 생활도 성령님께 묻지 아니 하면 모르는구나
적어도 오늘만은 말씀 순종하였지 하지만
돌아보면 미워하였고 교만하였고 성질 참지 못하였으니
혈당치나 지은 죄를 스스로 깨닫지 못하기는 마찬가지구나

(2013. 12. 8)

예수님이 아마하실 거예요

이 빈들에서

내 곁에 있던 사람들
하나 둘 떠나고 있다

낮에는 하늘과 산과 물이 있어 견딜 만한데
밤이면 적막강산(寂寞江山) 빈들이요 광야이다

이스라엘 앞에 펼쳐진 광야(曠野)
우리 조상들은 입산수도 하던 심산유곡(深山幽谷)

광야와 빈들은 단련(鍛鍊)과 시험(試驗)의 교육장(教育場)
모세 엘리야 세례 요한 그리고 예수님

깊은 밤 이른 새벽 세미(細微)한 음성
말씀 상고(詳考)하며 시공(時空)을 넘나든다

행여 놓칠세라 깨달음 소중(所重)히 간직하며
이 빈들을 기쁘고 즐겁게 걷는다

(2013. 12. 10)

*누가복음 1장 80절 말씀을 읽으며

보고 있는 눈은 복이 있도다

"너희가 보는 것을
보는 눈은
복이 있도다"

예수님은 제자들에게
너희가 나를 보는 것이
복이 있다고 하신 것이다

그 옛날 선지자들과 임금들
보고자 하였으나 보지 못하였고
듣고자 하였으나 듣지 못하였다

발람, 모세, 이사야, 미가
다윗, 솔로몬, 히스기야

옛날 족장 아브라함, 이삭, 야곱까지도
메시아와 내세의 기업을 약속 받았을 뿐
그 실현은 보지 못하였도다

믿음의 눈으로 주님을 뵈오며

믿음의 귀로 말씀 듣는 은혜
오늘 나는 복되도다

감사의 눈물 흐르는데
만물의 찬양소리 들리니
찬양 아니 할 수 없어라

(2013. 12. 21)

*누가복음 10장 23절과 24절 말씀을 상고하며

마르다와 마리아

'발 아래 여인' 마리아
주님의 발치에 앉아 말씀을 듣고
오라비를 구했고
주께 기름 부은 여인

언니 마르다
이리저리 끌리어 분주하기만한 여인
몇 가지만 하든지
동생과 같이 말씀 듣는 것 한 가지만으로도 좋으니라

살아온 날 돌아보면
이리저리 분주하게만 살아온 나날
말씀 듣는 한 가지만이
더 좋은 것을 알지 못하였네

(2013. 12. 21)

*누가복음 10장 38~42절 말씀을 읽으며

알지 못하는 신에게

아레오바고(Areopagus) 너럭바위 한가운데 서서
아덴(Athens) 사람들에게 일러주는
사도 바울의 잔잔한 목소리가 들려온다

"아덴 사람들아! 너희를 보니 범사에 종교심이 많도다
내가 두루 다니며 너희가 위하는 것들을 보다가
'알지 못하는 신에게' 라고 새긴 단도 보았으니
너희가 알지 못하고 위하는 그것을 너희에게 알게 하리라"

그리스(Greece) 문명의 요람(搖籃)이요
헬레니즘의 발원지(發源地)
소크라테스와 플라톤이 제자를 가르치고
아리스토텔레스가 우주를 논하던 철학(哲學)의 도시

유리피데스와 소포클레스의 희곡이 원형극장에서 공연되고
피디아스 조각가의 혼신(魂神)이 숨쉬고 있는 문화 예술의 도시
솔론과 페리클레스의 민주정치의 꽃이 핀 정치의 도시 아덴에서
사도 바울은 위풍당당(威風堂堂)하게 복음을 전하고 있도다

하나님은 우주만물을 지으시고 주재하시며

28

우리는 그분의 소생이라 생명과 호흡과 모든 것을 주시니
금이나 은이나 돌로 만든 것을 위할 것 아니오
이를 알고 오직 하나님만을 위하라 알려주신다

헬라인이 세상사물(世上事物)에는 깊고 넓고 높은 지식을 가졌으나
수많은 우상, 심지어 알지 못하는 신에게까지 숭배하였듯이
지금 우리도 잘 살기로 세계 상위권이라지만
그것이 무엇인지도 모르고 위하고 있는 것이 있도다

"동방의 등불 배달민족(倍達民族)이여!
우리는 동방(東邦) 예의지국(禮義之國)의 자손이 아니었더냐
우리는 무엇인지도 모르고 돈, 섹스, 지식을 위하고 있음을 알라"
생생하게 들려오는 목소리에 가슴 두근대고 눈물 흐르네

(2013. 12. 23)

*사도행전 17장 22절~31절 말씀을 읽으며

예수님이 아마하실 거예요!

분노를 내려놓게 하소서

성탄절 이른 새벽 기도의 제목
'분노(忿怒)를 내려놓게 하소서'

세상 소리에 격분하기는
나이를 먹어도 마찬가지이다

그 얼마나 긴 세월 닦고
성현의 말씀으로 다듬었건만

이제 크고 작은 분노를
내려놓게 하여 달라고 기도한다

헛되고 헛된 줄 알면서
저럴 수가, 이럴 수가 하며 격분한다

눈과 입은 감고 다물면 되고
코와 귀는 손으로 막으면 되건만

마음은 내 맘대로 되지 아니 하니
벗어난 지도 분명 오래 되었구나

분노하는 마음 막을 길 없어
내 마음 성령님께 맡기옵니다   (2013. 12. 25)

가지 않는 자전거

빈 거실을 지팡이 의지하여 걷는데
둘째 딸이 가지 않는 자전거를 사 주었다

돌아간 바퀴 수, 달린 거리, 걸린 시간
내 몸의 맥박 수까지 계기판에 나타난다

눈을 감으면
더 빠르게 달려가고 있다

겨울인가 하면 여름이고
봄인가 하면 가을이다

가고 싶었던 곳인가 하면
다시 오고 싶었던 곳이다

굴러만 아니 가지
갈 곳은 다 간다

아기 별 반짝이는
하늘나라까지도 간다   (2013. 12. 26)

이렇게 반가울 수가

며칠 전 우연히 책꽂이에서
나의 시에 곡을 붙여 만들어 보내주신
'내 잔이 넘치나이다' 책자를 보았다

작곡하신 교수님이 뵙고 싶어 알아보고 있는데
오늘 새벽 교수님이 올린 '큰 나라에 살고 싶다' 속에
내가 지은 시와 작곡하신 사연과 내용이 올라 있다

팔십 세를 기념하여 부부 동반
성지 순례하시며 설명하시는 모습에
이렇게 반가울 수가 세상에 또 있을까

부푼 마음 달랠 길 없어 방안을 빙빙 돌며
'눈 맞으며 걷고 싶다 옷깃 털어 주시던 어머니 손길 그리워'
말 못할 기쁘고 즐거움에 새벽이 열리고 있다

(2013. 12. 28)

*작곡하신 교수님은 김정수(金正洙)이며, "1950년 6월 28일 오후 느닷없이 대문을 박차고
들어온 인민군에게 끌려가 노량진 전투현장으로 가자며 끌려가다가 밤에 탈출하였다.
1951년 3월 피난길에 헌병에게 붙잡혀 전방으로 끌려가는 순간 어머니가 달려왔고 울며
매달리는 어머니를 뿌리친 채 트럭은 서울 북쪽 중공군과 교전장으로 끌려갔다. 지금 62
년이 지났어도 그때 헤어진 그 어머니의 소식을 모른다. 얼굴마저 생각할 수 없다"고 하
였다
*내가 지은 시는 〈어머니 손길 그리워〉이다

32

희망의 노래와 밝은 대화로

이 세상 모든 것 다 지나가지만
임의 뜻 따르는 자 영원하도다

지나는 세월 마디마디 나누어 놓으심은
지나간 마디는 실패하였으니 버리고
새로 오는 마디에 다시 시작하라는 깊은 뜻이라

지나가는 한 해 동안의 낙심과 분노 다 털어 버리고
새 해에는 희망(希望)의 노래와 밝은 대화(對話)로
새롭게 살아가라 하신다

수영 배우는 자, 물이 떠받쳐 줄 것을 믿어야 하듯
새로 시작하는 자, 믿음의 줄을 잡아야
사탄이 긴 톱으로 끊을지라도 당장 이어주시리라

희망의 노래
희망을 주는 노래와 시와 글을 부르고 읽어
메마른 땅일지라도 푸른 하늘을 끌어안는 노래

밝은 대화

아픈 곳을 찌르는 화살이 아니고
잘한 것을 찾아내어 칭찬하는 이야기

고난의 때일수록 더욱 더
희망의 노래와 밝은 대화로
함빡 웃으며 살아가라신다

(2013. 12. 29)

*수원제일감리교회 이정찬 담임목사의 '지나가는 이 세상' (요한일서 2:15~17) 설교 말씀
을 듣고

이제는 죽는 것이 두려워요

오랜만에 따뜻한 날씨라 광교산 정든 마을에 가서
반겨주시는 도토리 묵 할머니[1]와 난로 옆에 앉아
살아가는 이야기를 주고 받았다

'젊어 살기 힘들 때에는 죽고 싶기도 했는데
이제는 죽는 것이 두려워요

더 살고 싶어서가 아니라
살아오면서 지은 죄 씻지 못해서요

죽으면 그만이 아님을 알고 나니
저승에 가서 받을 고통이 두려워져요'

보살님 말씀은
항상 공감(共感)이 가는 말씀을 하신다

꺼지지 않는 유황불
견디기 힘들어 죽을 수조차도 없는 지옥

우리를 용서하여 주시고

다시 죄를 짓지 않게 도와주소서

주여
할머니의 심정을 불쌍히 여겨주시어

'아버지 내 영혼을 아버지 손에 부탁하나이다' [2]
우리의 영혼을 편안하게 잡아주소서

(2014. 1. 1)

1) 도토리묵 할머니는 상광교동에 사시는 한난춘(韓蘭春) 님이시고 보살계(菩薩戒)를 받
   을 때 받은 법명(法名)은 보리심(菩提心)으로 '깨달음을 얻겠다는 마음'
2) 누가복음 23:46 말씀

새해 소망

대나무 마디가 알려주듯
끝내는 마디, 시작하는 마디
끝나는 마디에서 분노를 버리고
시작하는 마디에서 새 사람이 되리라

예수님에 대하여 배워 얻은 지식이 아니라
예수님의 삶 속에서
사랑, 통찰력, 생명, 용서, 순종을
배워야만 한다

옛 사람을 벗어 버려야 한다
습관에 젖은 몸을 죽여도
욕심의 유혹으로 살아나니
아예 헌 옷 벗어 버리듯이 벗어 버려야 한다

모든 것이 마음 먹기에 달렸다지만 (一切唯心造)
악한 마음에서 선한 마음으로 변하기란
내 몸과 마음이
너무도 연약(軟弱)하다

주님 승천하시며 보내주신 성령
의와 진리에 대하여 알려주시고
분노를 참으시며 견디어내심을 일러주시니
모르면 곁에 계신 성령님께 여쭈어 보리라

(2014. 1. 5)

*수원제일감리교회 이정찬 담임목사의 '새해 새 사람' (엡 4:20~24) 설교를 듣고

38

보기에 좋아요

성가 연습하려고 애찬실을 지나는데
어느 권사님이 환한 얼굴로 한 마디 하신다
"보기에 좋아요"

천지만물을 창조하시던 그때에
하나님 아버지의 모습이 떠오른다
"보시기에 좋았더라"

지팡이에 매달려 걷던 모습 지나고
활기차게 걷는 모습이
보기에 좋으시단다

지으신 모습대로 돌아가면
지으신 아버지
얼마나 좋아하실까

(2014. 1. 5)

*하나님이 보시기에 좋았더라(창세기 1장 10절, 12절, 18절, 21절, 25절, 31절)
*어느 권사님 : 수원제일감리교회 윤상열(尹相烈) 권사인 것을 후에 알게 되었다

둘이 있어 좋아요

양 눈 백내장 녹내장 수술을 하니
왼 눈은 아주 조금 보인다
오른 눈으로 다 볼 수 있어
눈이 둘이 있어 좋아요

뇌경색(腦硬塞)으로
왼발이 걷는데 불편하다
오른발로 걸을 수 있어
다리가 둘이 있어 좋아요

늙어 육신이 쇠하여 가지만
마음은 새벽마다 새롭다
마음만으로 살아갈 수 있어
몸과 마음 둘이 있어 좋아요

보이는 몸과 느끼는 마음은
천천히 사라져가고 있다
사랑하는 임의 은혜로
초로인생(草露人生)과 영원한 생명 둘이 있어 좋아요

(2014. 1. 21)

40

제2부

예수님이 아파하실 거예요

사랑의 답장

동지섣달 긴긴 밤
보내주신 사랑의 편지를
한 줄 한 줄 새겨가며 읽는다

사랑하는 이 나를 사랑하사
내 죗값을 대신 갚아주려고
화목제물로 그 아들을 보내셨다[1]

이처럼 사랑하심 놀라워
창문을 여니 너무 차가워
손뼉 치며 방안을 빙빙 돈다

모르고 있는 사이에
쉬지 않고 지켜주신 사랑
감사의 고함 지르고 싶다

'내가 믿나이다
나의 믿음 없는 것을 도와주소서'[2]
보내주신 사랑의 답장입니다

(2014. 1. 25)

1) 요한일서 4:10 말씀
2) 마가복음 9:24 말씀

송홍만 제18시집

'부끄러워하면'과 '부끄러워하리라'

"누구든지 나와 내 말을 부끄러워하면
인자도 자기와 아버지와 거룩한 천사들의 영광으로 올 때에
그 사람을 부끄러워하리라"[1]

예수께서 빌립보 가이사랴 지방에 이르러
베드로가 주는 그리스도시요 하나님의 아들이시나이다
이 위대한 신앙고백을 한 다음

예수님은 십자가에서의 수난, 죽은 지 사흘만에 부활
그리고 영광중에 재림하실 것을
비로소 일러주시면서 하신 말씀이다

43

아주 어렸을 적에 흰 저고리 검정색 짧은 치마 입은 여자
예수쟁이 이야기를 들으면 어르신께 들킬까 봐
장성하여서는 주변 동료들이 얕볼까 봐 부끄러워했다

말씀을 따르지 아니 하고 듣거나 알려고 하지 아니 하며
소용없다고 멸시하고 남들이 알까 두려워
부끄러워하는 마음은 겪어보아 알겠다

그런데
재림하시는 예수님은
그런 사람을 왜 부끄러워하리라 하신 것일까

그 사람들은
주님으로부터 부끄러움을 받고
영원한 멸망으로 떨어진다는 뜻일까[2]

재림하서 베푸실 잔치에 그 사람들이 들어가지 못하고
어둠 속에 떨어질 것을 불쌍히 여기시며 구원하지 못한 아쉬움에
그 사람을 보기에 부끄러워하리라는 뜻은 아닐는지

사도 바울은 내가 복음을 부끄러워하지 아니 하노니
이 복음은 모든 믿는 자에게 구원을 주시는
하나님의 능력이 됨이라[3]

자녀들아 이제 그의 안에서 거하라
이는 주께서 나타내신 바 되면 그가 강림하실 때에
우리도 담대함을 얻어 그 앞에서 부끄럽지 않게 하려 함이라[4]

사도 바울은 내가 믿는 자를 내가 알고
내가 의탁한 것을 그날까지 지키실 것을 확신함으로
이 고난을 받아도 부끄러워하지 아니 한다[5]

믿음 따라 살다 죽은 사람 더 나은 본향을 사모하니
하나님이 그들의 하나님이라 일컬음을 받으심을
부끄러워하지 아니 하시고 그들을 위하여 한 성을 예비하셨느니라[6]

부모님 일러주신 대로 살기를 힘써
다른 사람들로부터 부모님 부끄러움 받지 아니 하려고 살았듯이
말씀 순종하여 다시 오실 주님 부끄러워하지 아니 하시게
살기를 소원합니다

(2014. 1. 27)

45

1) 누가복음 9:26, 마가복음 8:38
2) 이상근 박사 신약 주해서
3) 로마서 1:16
4) 요한 일서 2:28
5) 디모데 후서 1:12
6) 히브리서 11:16

예수님이 아파하실 거예요

누우면 죽고 걸으면 산다
— '누우면 죽고 걸으면 산다' 를 읽고

여느 때와 같이 걸어오려고 상광교 마을에 가는데
기사가 한 마디 한다
"누우면 죽고, 걸으면 산다"

화타(華陀)[1]라고 하는 한의사의 말이며
그 말을 듣고 열심히 걸어
건강을 회복하였다고 한다

"진짜 죽기도 전에 죽었다고 생각하지 마시오
관(棺) 속에서 살아나온 사람도 있소"
병마에 시달려 사색이 된 환자에게 희망을 주는 말이다

"침대는 병을 치료할 수 없다
환자를 병상에 가두어 둔 것이
서양의학(西洋醫學)의 가장 큰 실수이다"[2]

"요양한다고 자리에 누워 있으면 반드시 죽지만
죽을 각오로 산길을 걷다 보면 절반은 살아날 수 있다"
경험으로 알아낸 참된 말이로다

46

깊은 의학의 지식과 경험으로 엮어진
지혜의 글들이
희망(希望)의 옷을 입혀 준다

잠자리에 누워서나 책상 앞에 앉아서나
어디서나 일어나 걷자
살아서 할 일이 있다

(2014. 1. 29)

---

1) 화타(華陀, 145~208) : 중국 후한 말에 유명한 의사로 관우(關羽)의 불치병을 고쳐 주었
는데, 한의사 김영길(1946년생)은 호를 화타(華陀)라고 하여, 일산과 강원도 방태산 기
슭에 한의원을 열어 많은 환자들을 치료하고 있음. '누우면 죽고 걸으면 산다' 라는 책
을 지었음
2) 스웨덴 룬드 의대 벵마르크 교수의 말

이야기가 있는 곳
— 고도원의 '아침 편지'를 읽으며

겨울밤이면 화롯가에 둘러앉아
할머니 옛날 이야기 실 나오듯 이어지고

날이 풀리면 나무지게 세워 놓고
토끼 잡은 이야기 신나게 꽃피웠지

학교길 오가며 배운 것 되풀이
저마다 선생님이 되고

제대하고는 훈련 받은 이야기
고향에 편지 쓰던 이야기

아들 딸 둘러앉혀
옛 어른 들려주신 말씀 전하였는데

이제는 사람을 다 빼앗기고
어딜 가나 혼자 중얼거리네

지팡이 짚고 여기 저기 걷지만
이야기 들어줄 이 없구나

산들아 바다야 냇물아
예나 이제나 한 가지로 반갑구나

이야기가 있는 곳
꿈속뿐이로다

(2014. 1. 29)

예수님이 아파하실 거예요

새로운 고향

고향(故鄕) 하면 떠오르던 아버지 어머니
두 분 아니 계시니 쓸쓸히 되돌아오는 고향

이른 새벽 눈 떠 보면 귀여워하심 숨기시고
하늘과 땅의 이치(理致)를 일러주시던 아버지

껴안으시고도 눈 떼지 아니 하시고
보이고 들리는 것 자상하게 일러주시던 어머니

배우는 모습 일하는 모습
지켜보시던 근엄(謹嚴)하신 아버지

온갖 걱정 놓지 아니 하시고
지닌 사랑 아낌없이 베푸신 어머니

팔십 가까운 나이에서야
뭉클한 가슴에 뜨거운 눈물로 깊은 뜻을 깨닫네

50

아버지와 어머니는
미리 보내주신 하나님의 형상(形相)이심을

인자하신 아버지는 전능하신 하나님
자상하신 어머니는 보혜사(保惠師) 성령님

선지자 예언자들의 소리로는 아니 되어
사람의 몸을 입혀 보내주신 구세주(救世主) 성자(聖子) 예수님

사랑하여 주시는 분 다 계신 본향(本鄉)을 사모(思慕)하며
기쁘고 즐겁게 살아가니 그 무엇이 더 부러우랴
하늘 나라 새 고향 영원하리라

(2014. 2. 1)

*음력 정월 초이튿날에 깨달음

예수님이 아파하실 거예요

예수님이 아파하실 거예요

큰 딸, 작은 딸, 그리고 외손녀가 왔기에
오래간만에
전망 좋은 '뜰안채' 로 가고 있었다

"우리 아빠는요
엄마하고 나를 교회에 내려주고는
후닥탁 집으로 가요"

조금 지나서
"십자가에 예수님이 아파하실 거예요
예수님이 우리 집에 오시면 어떡하나"

연희가 하는 말을 다들 들었지 하니
연희 어멈이
"어린이 집에서도 몇이서 예배놀이를 한대요"

돌아오는 길에 넌지시 물어보니
숨김없는 대답은 입가에 물들고
두 눈동자에 속마음이 빛난다

52

어린 연희처럼 말씀을 단순하게 받아
말씀과 한 몸이 된 모습에
가슴이 뭉클하여진다

어둔 밤 창문 열면
여기 저기 보이는 붉은 십자가 보면서
피 흘리시며 아파하심 느껴 보질 못했구나

"하나님의 나라가 이런 자의 것이니라"
감사와 찬송이
내 마음 속 자득하다

(2014. 2. 16)

53

*임연희(林淵熙, 2010. 1. 4)
*마가복음 10:14 말씀

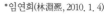

권위 있는 자와 같아

잠잠하고 그 사람에서 나오라 하시면 더러운 귀신이 나오고[1]
잠잠하라 고요하라 하시니 바람이 그치고 아주 잔잔하여지더라[2]

하나님이 빛이 있으라 하시니 빛이 있었고[3]
모든 푸른 풀을 먹을거리로 주노라 하시니 그대로 되니라[4]

예수님도 그와 같은 권위로 하신 말씀이기에
그가 가르치시는 것이 권위 있는 자와 같아
서기관들과 같지 아니 함일러라[5]

욕심(慾心)은 버리고 용심(用心)을 가져라
즉 다른 사람이 잘 되는 것을 보면 시기 질투 말고
어떻게 하여 잘 되었는지 살펴보는데 마음을 써라
할아버지의 말씀[6]
남의 것 탐내는 사람치고 잘 되는 것 보지 못하였다
할머니의 말씀[7]
선한 일은 작다고 아니 하지 말고 (勿以善小而不爲)
악한 일은 작더라도 하지 말라 (勿以惡小而爲之)[8]
아버지의 말씀[9]
한두 번이 무어냐 삼세 번이 있으니 힘을 내라

54

어머니의 말씀[10]

이와 같은 말씀이 있기에 살아온 삶
기뻐하며 자랑하며
감사하며 즐거워하노라

(2014. 2. 18)

1) 마가복음 1:25~26
2) 마가복음 4:39
3) 창세기 1:3
4) 창세기 1:30
5) 마가복음 1:22
6) 할아버지 송용(宋榕, 1857~1921. 10. 29)
7) 할머니 안치옥(安致玉, 1867~1948. 12. 22)
8) 중국 촉한(蜀漢)의 소열황제(昭烈皇帝)
9) 아버지 송정순(宋貞純, 1899. 3. 24.~1983. 1. 21) 남양향교전교 역임(南陽鄕校典校歷
　　任)
10) 어머니 이금선(李今善, 1896. 1. 1.~1980. 5. 16)

누군가를 위하여 준비하는 일

옛날 관아(官衙)가 있던 곳
양지바른 산기슭에 말 한 마리가 있다

가까이 가서 몸을 손질하여 주니
가만히 서서 숨을 죽이고 좋아한다

목덜미 긴 털을 물수건으로
윤이 나게 빗기고 발굽까지 닦아주었다

귀한 분이 금장식(金粧飾)을 한 모자를 쓰고
말 타기 위한 옷과 신을 신고 손님과 어딘가를 가신다

조금 뒤에 한 분이 준비물을 챙겨 떠나기에
나도 둘러보아 더 필요할 것을 몇 가지 챙겼다

말고삐를 잡기에 편한 옷을 입고
삽을 들고 따라 나섰다

56

산길을 가면서 돌아올 길 염려되어
험한 곳을 손질하며 가고 있었다

누군가를 위하여 준비하는 일이기에
꿈이지만 기쁘고 즐겁구나

(2014. 2. 23)

예수님이 아마하실 거예요

그날도 도적같이 오리라
―남북이산가족 상봉을 보며

동방의 등불 배달겨레여
피붙이가 헤어지고 땅의 길이 끊어졌음
어인 연유(緣由)인가 슬프도다

징조(徵兆)로 재난을 예방하던 지혜로운 조상님들
국토분단(國土分斷)과 천륜(天倫)의 생이별(生離別) 아셨을 터
어이하여 이리 된 것일까

분명(分明) 그 징조(徵兆)를 전했으나
바른 말과 올바른 가르침을
보고 듣는 눈과 귀가 가려졌음일러

반만 년 살아온 금수강산 한 허리가 동강나고
한 핏줄 부모형제 살아 만나지 못한 지도
어언 칠십 년이 가까이 되었네

한 쪽은 듣기 좋은 공동재산(共同財産), 변론 없는 인민재판(人民裁判)
다른 쪽은 절제(節制) 없는 자유(自由), 책임 안 지는 다수결(多數決)
모두가 이에 대한 뉘우침이 없구나

58

배달의 겨레들이여
이것이 슬프다고 울지를 마오
영생의 길마저 끊어질까 깨어있으라

하나님께서는 분명히 다 하실 것이다[1]
칠십 년이면 완전히 깨닫기에[2]
그날도 도적같이 오리라[3]

(2014. 2. 24)

1) 마태복음 19:26, 마가복음 10:27
2) 예레미야 25:11, 다니엘 9:2
3) 데살로니가 전서 5:2, 베드로 후서 3:10, 계시록 16:15

예수님이 아파하실 거예요

마음 맞춤

신한은행 들어서니 가슴마다
'마음 맞춤' 노란 표를 달고 있다
곰곰이 생각해 보아도
그 뜻을 가늠하기 쉽지 않다

"서로 틀리거나 어긋남이 없이 일치하게 하다"[1]
"사람이 한평생 할 일은 한 마디로 서(恕)이니
이는 내가 하기 싫은 것을 남에게 시키지 아니 하는 것이다"[2]
"남에게 대접을 받고자 하는 대로 너희도 남을 대접하라"[3]

공자님과 예수님의 말씀에 중심도
서로 마음을 같이하라는 것이다

공자님이 하신 한 마디 말씀 '서(恕)'는
글자 속에 뜻이 들어 있다
마음(心)을 같이(如)한다는 뜻이니
인애(仁愛)요, 용서(容恕)요, 참뜻의 사랑이요
'마음 맞춤' 또한 아니겠는가

60

사랑이란 귀한 말이

지금 천(賤)하게 쓰여지듯

'마음 맞춤'

또한 얼룩질까 염려로다

(2014. 2. 25)

1) 한글사전에 있는 '맞추다'의 뜻
2) 논어 위령공편(論語 衛靈公篇), (子貢問曰 有一言以可 而終身行之者乎 子曰 其恕乎 己
   所不欲 勿施於人)
3) 누가복음 6:31, 마태복음 7:12 말씀

예수님이 아마하실 거예요

가장 아름다운 만남

예수께서 유다를 떠나 갈릴리로 가실 때에
사마리아 땅에 있는 그리심산과 에발산 사이
'수가' 동네에 이르시니
야곱이 그의 아들 요셉에게 준 땅이 가깝고
거기 또 야곱의 우물이 있더라

예수께서 피곤하여 우물곁에 그대로 앉으시니
때가 정오쯤 되었는데
사마리아 여자 한 사람이 물을 길으러 왔기에
예수께서 물을 좀 달라 하시니
당신은 유대인으로서 어찌하여 나에게 물을 달라 하나이까

예수께서
네가 만일 하나님의 선물이 무엇이고
물 좀 달라 하는 이가 누구인 줄 알았더라면
그에게 구하였을 것이요
그는 네게 생수를 주었으리라

여자가
주여 물 길을 그릇도 없고 이 우물은 깊은데

어디서 당신이 그 생수를 얻겠사옵나이까
우리 조상 야곱이 이 우물을 우리에게 주서 마셨는데
당신이 야곱보다 더 크십니까

예수께서
이 물을 마시는 자마다 다시 목마르려니와
내가 주는 물을 마시는 자는
영원히 목마르지 아니 하리니
그 속에서 영생하도록 솟아나는 샘물이 되리라

여자가
주여 그런 물을 내게 주사 목마르지도 않고
또 여기 물 길으러 오지도 않게 하옵소서

예수께서 이르시되 가서 네 남편을 불러오라
여자가 나는 남편이 없나이다

예수께서
네가 남편이 없다 하는 말이 옳도다
너에게 남편 다섯이 있었고

63

지금 있는 자는 네 남편이 아니니 네 말이 참되도다

여자가 이르되
주여 내가 보니 선지자로소이다
우리 조상들은 이 산에서 예배하였는데
당신들의 말은 예배할 곳이 예루살렘에 있다 하더이다

예수께서
여자여 내 말을 믿으라
너희가 어디서든지 아버지께 예배할 때가 이르리라
아버지께 참되게 예배하는 자들은
영과 진리로 예배할 때가 오나니 곧 이때라

여자가
메시아 곧 그리스도라 하는 이가 오실 줄을 내가 아노니
그가 오시면 모든 것을 우리에게 알려 주시리이다

예수께서
너에게 말하는 내가 그라

64

여자는 물동이를 버려두고 동네로 들어가서
내가 행한 모든 일을 다 알고 계신 사람을 와서 보라
그리스도가 아니냐

숨김없이 정겹게 이어지는 가장 아름다운 만남
예수님은 메시아임을 밝히시고
여자는 구원을 받았으니
점입가경(漸入佳境, approaching a climax)이로다

(2014. 2. 27)

* 요한복음 4장 1절~30절 말씀을 상고하며

하나님을 두려워함

"그들의 눈앞에 하나님을 두려워함이 없느니라"[1]
이른 새벽 사도 바울이 전해 주는 말씀을 읽는데
어릴 때 할머니 아버지 어머니의 목소리가 들려온다

이웃집 또래와 놀다가 기어가는 개미를
손가락 끝으로 눌러 죽이는 것을 보고 있는데
할머니가 끌어안고는 집에 와서 일러주셨다

"개미도 한 세상 살려고 나온 것이니
죽이면 죄로 돌아온단다
하느님은 하늘에서 다 내려다보고 계시다"

대여섯 살쯤 되어 천둥소리에 잠을 깨니
어머니가 옆으로 끌어 누이며 일러 주셨다
"하느님이 노하셔서 호령을 하시니 똑바로 누워있으면 아니 된다"

아버지 일상 일러주신 성현의 말씀
"하늘의 뜻에 순종하는 자는 살고
하늘의 뜻을 거역하는 자는 죽는다"[2]

세상 모든 것을 다스리고 계신 분이
분명 내려다보고 계심을 믿고
죄를 질까 두려워하며 살다 보아도 죄뿐이다

하나님이 없다고 하는 자는 선(善)을 행하는 자가 없다[3]
의인(義人)은 없나니 하나도 없도다[4]
하나님을 두려워하는 빛이 없도다[5]

할머니 아버지 어머니 일찍 일러주신
하나님을 두려워하는 마음이
귀한 말씀의 초석이었도다

(2014. 3. 9)

1) 로마서 3:18
2) 공자 (順天者存 逆天者亡)
3) 시 14:1,53:1
4) 로마서 3:10
5) 시 36:1

예수님이 아마하실 거예요

입으로 시인하는 것일까

입으로 예수를 주로 시인(是認)하며
하나님께서 예수님을 죽은 자 가운데서 살리신 것을
마음에 믿으면 구원을 얻으리라

내 마음 속으로는 예수님이 구주이심을 믿는데
입으로 시인하지는 못하고 있음이
솔직한 나의 모습이다

시(詩)를 지어
예수님은 나의 구주라고 찬양하는 것도
입으로 시인하는 것일까

언제 어디서나 사람들이 듣도록 입으로 소리 내어
예수를 나의 주라고 시인하라는 것인데
나에게는 그런 용기 없구나

믿음 없는 고백이 거짓이듯
고백 없는 믿음 헛되거늘
입으로 시인하지 못함 안타까워라

말 못하는 벙어리인 양
열심히 예수님을 주님으로 시인(是認)하며
찬양(讚揚)하는 시(詩)를 지어 발표하리라

마음으로 믿어 의(義)에 이르고
입으로 시인하여 구원(救援)에 이르는
놀라운 사랑을 찬양(讚揚)하리라

(2014. 3. 11)

*로마서 10:9~10 말씀을 상고하면서

예수님이 아파하실 거예요

진리가 너희를 자유롭게 하리라

"그러므로 예수께서 자기를 믿은 유대인들에게 이르시되
너희가 내 말에 거하면 참으로 내 제자가 되고
진리(眞理)를 알지니
진리(眞理)가 너희를 자유(自由)롭게 하리라"*

복음의 내용이신 예수님은
우리를 속박하는 죽음과 영원한 절망과
그리고 잘못 알고 있는 자유로부터
풀려나게 하신다

사망권세에서 벗어나는 자유
누구나 죽을 수밖에 없는 두려움
믿음으로 죄 용서함 받아 영생을 누리어
죽음의 두려움에서 풀려나 자유로워진다

율법(律法)으로부터 풀려나는 자유
다 지킨 자 아무도 없고
지키려면 더 늘어나는 죄의 족쇄
말씀을 믿어 벗어나 자유로워진다

잘못 알고 있는 자유로부터 풀려나는 자유
나름대로 쌓은 자유라는 아성(我城)
말씀 믿어 눈물겨운 괴로움 참으며 벗어나
진리가 참된 자유임을 알고 풀려나 자유로워진다

진리이신 주님의 말씀을 깨달아
진리가 우리를 자유케 하리니
하늘에 소망을 간절히 바라보며
기쁘고 즐겁게 살리라

(2014. 3. 16)

*수원제일감리교회 이정찬 담임목사의 '자유케 하리라' (요한복음 8:31~38)
  말씀 증거를 들으며, 요한복음 8:31~32 로마서 6:23, 7:24 마태복음 5:22, 5:28 말씀 참고

내니 두려워 말라

날이 저물어 제자들이 배를 타고 가버나움으로 가는데
태풍이 불어 파도가 심하고 날이 어두운데
예수님은 내니 두려워하지 말라 하신다

이스라엘이 출애굽 여정에서 홍해, 신광야, 르비딤을 만난 것
바다가 갈라지고, 만나가 내려오고, 샘물이 솟는 하나님의 능력
이 은혜를 가르쳐 주심이니 은혜의 여정이었다

제자들이 배를 타고 바다를 건너 가버나움으로 가는 길
어둠 속에 태풍과 큰 파도를 만나도
주님을 만나 위로를 받고 기뻐하는 은혜의 길이었다

세상 풍파와 환란이 끊임없이 몰려와도
주님은 주무시지 아니 하고 지켜주심을 깨닫게 하여 주시니
내게는 한량없는 은혜의 세상이로다

이처럼 아프고 괴로운 병마가 찾아왔어도
병들지 아니 하고는 드릴 수 없는 기도를 주셨으니
병마도 살고 나도 살게 하여 달라는 은혜의 기도이다

아파서 잠 못 이루는 밤
외로워 소리 지르고 싶은 때
주님은 언제나 통화할 수 있는 은혜의 기쁨이로다

병마가 고통, 괴로움만은 아니오
주님을 만날 좋은 기회이니
영접하면 어려움 없이 살아가리라

(2014. 3. 23)

*수원제일감리교회 이정찬 담임목사의 '내니 두려워 말라' (요한복음 6:16~21) 말씀 증거
를 듣고서

73

옆집 목련을 보며

옆집 울안에 만발한 우유색 목련(木蓮)
밤낮없이 창문 열고 이야기 주고받았다

늦가을에는 솜털송이로
한겨울에는 눈꽃송이로

별님 달님 보이려 단장한 모습
이슬로 씻은 첫 담임 여선생님 모습

한낮에 연한 연두색 아른거리는 숨결
빈집 지키는 의젓한 맏며느리 모습

깊은 밤 별들의 전설
살아가는 수수한 이야기

보고 들은 이야기지만
만감(萬感)이 오간다

너는 유성의 흔적을 찾고
나는 말씀의 길을 더듬는다   (2014. 3. 27)

정한 짐승과 부정한 짐승

여호와께서
번제(燔祭) 소제(素祭)등 제례(祭禮)에 이어
모세와 아론에게 이스라엘 자손에게 알려주라며 일러주신
짐승과 새와 물고기에 대한 규례이다

새김질하는 짐승은 정(淨)하고
새김질 못하는 짐승은 부정(不淨)하다
말씀을 묵상(默想)하는 자가 되고
묵상하지 못하는 자가 되지 말아라

새김질하며 굽이 갈라진 짐승은 정하고
새김질은 하나 굽이 갈라지지 않은 짐승은 부정하다
말씀을 묵상하여 깨닫고 행하는 자가 되고
말씀을 묵상은 하나, 깨달아 행하지 못하는 자가 되지 말라

지느러미와 비늘이 있는 물고기는 정하고
이것들이 없는 물고기는 부정하다
주님의 뜻을 깨달아 본향을 향하여 살아가는 자가 되고
세상물결 따라 갈팡질팡하는 자가 되지 말라

철새, 육식조류(肉食鳥類), 야행성(夜行性) 새들은 부정하니
기회(機會)를 따라 믿는 성도(聖道)가 되지 말라
땅에 기어다니는 길짐승들도 부정하니
사탄의 지배를 받는 자가 되지 말라

날개를 가지고도 네발로 걸어다니는 곤충은 부정하고
날개와 네발이 있으되 뛰어다니는 곤충은 정하다
주신 은혜로 자유를 누리지 아니 하는 자가 되지 말고
날개와 네발이 있어도 뛰어다니며 자유를 누리는 자가 되라

(2014. 3. 28)

*수원제일감리교회 이정찬 담임목사의 여선교회 연합속회에서 레위기 11장 1절~28절
 말씀을 증거하신 설교를 듣고
*매킨토시(C. H. Mackintosh, 1820~1896, 아일랜드) 지음. '모세오경 강해' 레위기 11장
 참조

제3부
내게 주신 삶의 기쁨

광교산에 오면

광교산(光敎山) 이름 따라
고운 빛 신령한 기운
가르침이 다함 없구나[1]

넘치는 힘에 등성이 휘돌고 나면 시원했던 길
지팡이 짚고 중턱에서 돌아 내려오며
빛의 가르침을 깨달아 본다

빛이 있으라
빛이 어둠을 몰아내니[2]
답답하던 내 마음 시원하여라

시작함이 없이 시작하였고
끝남이 없이 끝날 세상[3]
창세와 말세를 깨닫게 하도다

깊은 진리를 미처 깨닫기도 전에
어버이의 말과 글로 옮기고 있으니
먼 훗날 누군가 자세히 알려주리라

광교산에 오면
산이 되고 하늘이 되고
사람이 된다

(2014. 4. 16)

1) 광화영기 교훈무궁(光華靈氣 敎訓無窮)
2) 창세기(創世記) 1장
3) 천부경(天符經)

예수님이 아마하실 거예요!

부활절 아침에 국기를 달며

이른 새벽
말씀을 상고하다가 창문을 여니
통통한 달이 반긴다

부활절 새벽예배 중계방송
김장환 목사 설교 말씀
감사의 기쁨이 넘친다

사셨네
다시 사셨네
주님 다시 사셨네

해가 돋으니
문득 태극기를 내어걸고 싶어
대문밖에 국기 꽂이에 꽂았다

사망권세(死亡權勢) 이기시고
오늘 살아나셨으니
이 기쁨, 승리의 기쁨, 소망의 기쁨 즐거워라

나를 사랑하시고
우리를 사랑하시고
우리나라를 특별히 사랑하여 주심

우리는 하나님의 자손(天孫)
하나님이 보우(保佑)해 주시는 나라
하나님의 독생자의 탄생(誕生)과 부활(復活)
어찌 아니 경축(慶祝)할까

믿음의 형제들이여
성탄절(聖誕節)과 부활절(復活節)에
이 기쁨을 태극기(太極旗) 달아 경축(慶祝)하자

81

(2014. 4. 20)

복숭아 꽃을 바라보며

아주 오랜만에 광교산 미학사(米鶴寺)[1] 터까지
지팡이 짚고 올라와 연두색 숲속
유독(唯獨) 친숙(親熟)한 향기(香氣) 풍기는 두어 그루 복숭아나무

도원결의(桃園結義)
유비(劉備) 장비(張飛) 관우(關羽)는
복숭아나무 아래에서 의형제(義兄弟) 맺어
천하(天下)를 위하여 함께 일하기로 맹세하였지

무릉도원(武陵桃源)
무릉에 사는 한 어부가 복숭아 꽃잎 따라 배 저어 거슬러 올라가
전란을 피해 살며 희희낙락(喜喜樂樂)하는 비경(秘境)을 보고
돌아왔다 다시는 찾지 못했다지

도지요요 작작기화(桃之夭夭 灼灼其華)
복숭아나무가 젊고 싱싱하니
꽃은 밝고 환하게 피었구나[2]

수다스런 젊은 여인들 약수 마시더니
라일락이야, 철쭉이야

누구 하나 복숭아 꽃도 알지 못한다

흩어진 기왓장 사이사이 싱싱한 시엉을 뜯어
이가 시도록 추억을 맛보며
고픈 배를 채우던 시절을 씁쓸하게 되씹는다

(2014. 4. 21)

1) 광교산 중턱 현재 '절터'로 표시된 자리에 있었던 절이다
2) 시경(詩經) 도요(桃天) 복숭아나무 중에서

예수님이 아파하실 거예요

내게 주신 삶의 기쁨

숲 속 산길을 걷는데
날파리 서너 마리가
속눈썹을 헤치곤 한다

연두색 잎사귀, 연분홍 철쭉꽃
복숭아 꽃 향기 마다하고
내 앞을 가리어 성가시게 한다

내 나이 일흔 일곱
사람의 향기(香氣)는 없을 터
지팡이 짚고 걷는 걸음 힘들게 한다

양손 펴 볼을 만지니
윤기(潤氣)가 자르르 흐르는구나
내게 주신 삶의 기쁨 뉘라서 알랴

(2014. 4. 23)

84

모란꽃의 사연

실버찬양대의 찬양을 마치고
애찬실에서 호박죽을 나누면서
최 권사가[1]
모란꽃 대여섯 송이가 핀 사진을 보여준다

아들 딸 시집 장가 보내니 줄 것이 없다며
어머니가 모란 뿌리를 주셨는데
이사 다니며 살다 보니
이제야 꽃이 다섯 송이 피었단다

오남이녀(五男二女)의 셋째 아들이고
고향은 경주(慶州)
말할 수 없는 사연(事緣)이 있다며
어머니를 보고 있듯 기뻐한다

경주 안강 옥산
몇 해 전에 문화답사를 갔다 온 곳
양동마을, 옥산서원(玉山書院)[2]
석탑만이 외롭게 지키고 서 있는 절터

어머니 주신 모란 뿌리

어딜 가나 지니고 다니듯

우리도 주님 모시고 다니며 살면

향기로운 꽃이 피고 열매를 맺으리라

(2014. 4. 25)

1) 최 권사는 수원제일감리교회 최종길 권사
2) 옥산서원(玉山書院)은 중종 때 현신(賢臣) 회재(晦齋) 이언적(李彦迪, 1491~1553)이 자
   옥산(紫玉山) 속에 독락당(獨樂堂)을 짓고 잠시 머무른 일이 있었는데 그가 을사사화
   때 귀양지에서 돌아가신 후 선조 5년(1572) 사당(祠堂)을 세워 위패를 모시고 세운 서원
   이다

구하라 찾으라 문을 두드리라

"구하라 그리하면 너희에게 주실 것이요
찾으라 그리하면 찾아낼 것이요
문을 두드리라 그리하면 너희에게 열릴 것이니"[1]

주님은 조금 전에 중언부언하지 말라시며
"구하기 전에 너희에게 있어야 할 것을
하나님 너희 아버지께서 아시느니라"[2] 하셨는데
왜 구하라고 하시는 것일까

어린 자녀가 혹 남용(濫用)할까
달라지 아니 하는 용돈을 못 주는
어버이의 마음과 같은 것일까

우리에게 필요한 것을 다 알고 계시지만
구하면 주신다는 확신(確信)을 가지고
기도하는데 용기(勇氣)를 내라는
독려(督勵)의 말씀 아니겠는가

성령도 우리의 연약함을 도와 말할 수 없는 탄식으로
우리가 기도할 마음과 기도할 것을 알도록

간구(懇求)하고 계신 것 아닌가[3]

예수님과 사마리아 여자와의 만남에서
묻고 구하여 주님을 찾아내어 영생을 받아
메시아를 전하는 여자의 모습[4]
바로 이와 같이 구하라는 말씀이 아니겠는가

(2014. 4. 25)

*수원제일감리교회 여선교회 연합예배에서 김우봉 목사의 마태복음 7:7~12 말씀을 증거
  하는 설교를 듣고
1) 마태복음 7:7
2) 마태복음 6:8
3) 로마서 8:26
4) 요한복음 4:3~30

빛이 있으라

"빛이 있으라 하시니 빛이 있었고
빛과 어둠을 나누사
빛은 낮이라, 어둠은 밤이라 부르시니라" (창 1:3~5)

아침에 솟아오르는 태양
밤이면 밝은 달과 별
말씀으로 지으신 줄 늦게야 알았네

하나님이 있으라 하시면 있었고
되라 하시면 그대로 되었듯이
예수님도 그리 하셨도다

침상에 누운 중풍병자에게 작은 자야 안심하라 (마 9:2)
혈루증을 앓는 여자에게 딸아 네 믿음이 너를 구원하였느니라 (막 5:34)
맹인들의 눈을 만지시며 너희 믿음대로 되라 (마 9:29)

빛이 있으면 환한 낮이요,
빛이 없으면 캄캄한 밤인 것은
영혼의 역사에도 마찬가지라

예수님이 아파하실 거예요

빛의 아들은 생명의 빛을 받아
인간 본성의 어두움, 소경, 불신앙에서 벗어나
기쁘고 즐겁게 감사하며 살게 하시도다

(2014. 4. 30)

*매킨토시(C. H. Mackintosh, 1820~1896, 아일랜드) 지음. '모세오경 강해' 창세기 1:3~5
를 읽으며

마음에서 마음으로

강화도 장화리 노을 펜션(pension) 넓은 거실
창밖 멀리 섬들로 가득한 바다 은빛 물결
외손녀 손자들 신이 났다

연희는 인형에 노란색 연두색 흙 옷을 입히고
지혁인 포크레인으로 흙을 파 덤프트럭(dump truck)에 열심히 싣고
지욱인 빈 물병 두들기며 잘들 논다

연희는 지혁이 불러 고운 색 흙 반죽을 챙겨주고
지혁인 누나 말을 잘 듣다가 엉뚱한 짓을 하니
연희가 일어나 이 방 저 방을 둘러보고 돌아와 앉는다

화가 머리끝까지 치밀어 참는다며
다시 엄마 이모 음식 장만하는 주방에 갔다 오더니
지혁이의 관심을 다른 곳으로 바꾼다

지혁이도 민망한지
대장(隊長)걸음으로 위풍당당(威風堂堂)하게 거실을 돌더니
누나에게 다가와 앉는다

"연희야 머리끝까지 치밀은 화를 어떻게 참았니" 하니
"기도했는데 할아버지는 그것도 몰라요"
거실을 돌면서 그런 표정을 짓는다

지혁이는 모자를 눌러쓰고
더욱 씩씩하게 대장(隊長) 걸음으로 거실을 돌며
"할아버지도 이렇게 걸어보세요" 하는 모습이다

지욱인 앉아서 누나와 형을 번갈아 보면서
"할아버지 맞아요, 맞아요" 하는 듯
"음, 음" 한다

(2014. 5. 5)

*임연희(林淵熙, 2010. 1. 4)
*윤지혁(尹志奕, 2011. 12. 18)
*윤지욱(尹志勖, 2013. 7. 18)

92

광명체를 만드사

"하나님이 두 큰 광명체를 만드사
큰 광명체로 낮을 주관하게 하시고
작은 광명체로 밤을 주관하게 하시며
또 별들을 만드시고" (창 1:16)

태양은 치료의 날개를 가지고 곧 떠오를 분
두려워하는 사람들의 마음을 기쁘게 하시고
밤을 지새우며 기다리는 사람에게 오시는 그리스도시라

달은 스스로는 아무 빛도 내지 못하고
태양으로부터 빛을 받아 어두운 세상에 반사해 주는
교회를 생각하게 한다

93

밤이면 달빛의 근원인 태양을 볼 수 없듯이
세상도 그리스도를 못 보지만
교회는 그리스도를 본다

별들은 좀 더 떨어져 있는 빛들이니
왕위를 받아오려고 먼 나라로 가면서
종들에게 맡긴 은화로 열 므나, 다섯 므나를 남긴 종

착하고 충성된 그 종들이 다스리는
열 고을, 다섯 고을
그 고을들의 반짝이는 모습이로다 (눅 19:11~18)

장차 오실 아들의 왕국에서도 그러하리라
아들은 살아있고 영원한 광채를 발할 것이요
그의 몸인 교회는 주위에서 그리스도의 빛을 반사할 것이며
성도들은 봉사한 상으로 차지한 고을을 다스리는 별들이 되리라

(2014. 5. 8)

*매킨토시(C. H. Mackintosh, 1820~1896, 아일랜드) 지음. '모세오경 강해' 창세기 1:16을
읽으며

사람을 창조하시다

하나님은
첫 번째 사람 아담을 하와와 연합하여
우주 만물을 통치하는 자리에 올려놓아
피조물을 다스리라는 사명으로 축복하셨도다

첫 번째 사람 아담을 돕는 하와를 주시듯
두 번째 사람 그리스도를 돕는 교회를 주셨으니
아담과 하와는 그리스도와 교회의 모형이로다

남편이 아내의 머리됨에
그리스도께서 교회의 머리됨과 같으니
교회가 그리스도께 하듯
아내들도 남편에게 복종할 것이며

그리스도께서 교회를 사랑하시고
교회를 위하여 자신을 주심같이
남편은 아내를 사랑하라

남편과 아내가 아름답듯이
예수님과 교회

그 안에 순종과 사랑 아름답도다

남편과 아내는
사랑하기 위해 사는 것만은 아니오
서로 돕기 위함을 잊고 있었구나

(2014. 5. 9)

*매킨토시(C. H. Mackintosh, 1820~1896, 아일랜드) 지음. '모세오경 강해' 창세기 1:27을
읽으며

뱀과 하와

"뱀이 여자에게 물어 이르되
하나님이 참으로 너희에게
동산 모든 나무의 열매를 먹지 말라 하시더냐" (창 3:1 중)

하와의 마음 속에
하나님의 말씀이 풍성하였더라면
사탄의 간교한 물음을 말씀으로 거절하였을 텐데

뱀은
하나님의 말씀이 사랑에 근거한 것이 아니라며
하와로 하여금 말씀을 믿지 못하게 흔들어 놓았구나

하나님의 말씀을 믿지 아니 함
하와와 아담의 거역이
지금 우리 혈관에 흐르고 있구나

하와는 이렇게 응수했어야 했다
하나님께서 금하신 것을 보면
그것을 먹는 것이 좋지 않을 것 분명토다
나는 하나님의 사랑과 참되심을 확신한다, 라고

너는 악한 자로다
내 마음을 선과 진리의 근원에서 떠나게 하려는구나
사탄아 내 뒤로 물러가라!

순간순간 들려오는 뱀의 소리
십자가에 죽기까지 사랑하고 계신
주님의 말씀으로 물리치게 하소서

(2014. 5. 16)

*매킨토시(C. H. Mackintosh, 1820~1896, 아일랜드) 지음. '모세오경 강해' 창세기 3장을 읽으며

이스라엘 자손과 바로 왕

하나님을 생각하지 못하는 사람 바로 왕
인간사의 일어날 수 있는 일들은
정확하게 알고 있으나

하나님께서 못하실 일이 전혀 없다는 것과
하늘의 별, 바다의 모래알같이 번창할 축복을 받은
이스라엘 민족임을 모르고 있구나

감독들을 그들 위에 세워 무거운 짐을 지웠지만
이스라엘 자손은
학대를 받을수록 더욱 번식하고 퍼져 나갔도다

바로 왕은 히브리 산파 십브라와 부아에게
히브리 여인을 위하여 해산을 도울 때
아들이거든 죽이고 딸이거든 살려라 하였으나

산파들은 하나님을 두려워하여
우리가 이르기 전에 해산하였더라
슬기롭게 대답을 했도다

이스라엘 자손들은
눈에 보이는
바로의 분노, 감독관, 힘겨운 일, 가혹한 속박은 아니 보고
보이지 않는
하나님의 영원하신 목적, 어김없는 약속,
여호와의 구원의 횃불을 보았도다

우리도 이스라엘 자손과 같이
살아계신 하나님을 깨닫고
보이지 아니 하는 하늘의 소망으로 살아가게
성령님 도와주시기를 간절히 소원합니다

(2014. 5. 23)

*매킨토시(C. H. Mackintosh, 1820~1896, 아일랜드) 지음. '모세오경 강해' 출애굽기 1:8
  ~11)를 읽으며

놀라우신 하나님의 섭리

원수 사탄은 언제나 죽음을 이용하여
하나님의 목적을 좌절시키려 하도다

애굽 왕 바로도 히브리 여인이 아들을 해산하거든 죽이라 (출 1:22)
헤롯은 죄 없는 어린 아이들을 학살하고 (마 2:16)
빌라도 역시 예수님을 죽이라고 십자가 형을 내렸다 (마 27:26)

하나님은 죽음의 권세를 초월하여
사탄이 가진 힘을 다 소진하고 나면
자신을 드러내기 시작하시도다

모세의 부모 아므람과 요게벳의
믿음의 손으로 고안된 갈 상자
조상 아브라함이 가졌던 믿음의 발자취

죽음의 차가운 물결의 가장자리에서도
그 죽음 뒷면에 안전하게 거하고 있는
여호와의 택한 종을 바라보게 하도다

강가를 거닐던 바로의 딸이 보고 있는

예수님이 아파하실 거예요

갈 상자 안에 울고 있는 그 어린 아이가
애굽 땅을 뒤흔들어 놓을 하나님의 도구 모세로다

마귀가 하나님의 목적을 좌절시키는 데 사용한 바로가
사탄의 능력을 좌절시키려는 하나님의 도구인 모세를
자기의 궁전에서 길러내는 데에 사용되고 있도다

우리가 사탄으로부터 고난을 받는다 해도
승리의 하나님은 보고만 계시지 아니 하고
깊고 오묘하신 섭리로 구원하여 주실 것이로다

(2014. 6. 12)

*매킨토시(C. H. Mackintosh, 1820~1896, 아일랜드) 지음. '모세오경 강해' 출애굽기 2:1
~4를 읽으며

스스로 있는 자

"하나님이 모세에게 이르시되
나는 스스로 있는 자이니라" (출 3:14)

스스로 있는 자 (I AM 自存者)
친히 알려주신 귀한 하나님의 함자 (銜字)
하나님의 모든 이름이 다 들어있도다

원하는 것을 신성한 이름 뒤에 믿음으로 기록만 하라
생명을 원하면 그리스도께서 내가 생명이라고 하시고
평강을 원하면 그리스도께서 내가 평강이라고 하신다

나는 선한 목자다
나는 부활이요 생명이다
나는 빛나는 새벽 별이다

'모든 것 되시는 하나님'
'주는 모든 것 되시네'
복음성가 참 잘 표현하였도다

지금 연약하고 비틀거린다 해도
스스로 있는 자 이름 뒤에 믿음으로 기록만 하면
준비하신 온갖 축복을 주님 안에서 다 누리도다

(2014. 6. 13)

*매킨토시(C. H. Mackintosh, 1820~1896, 아일랜드) 지음. '모세오경 강해' 출애굽기 3:14를 읽으며

가인과 아벨

아담과 하와는 죄 없는 상태인 에덴에서 쫓겨나
그 죄 없음을 회복하지 못한 채 가인과 아벨을 낳았기에
가인과 아벨은 타락한 성품을 지닌 죄인들로 태어났지만
가인은 땅의 소산을, 아벨은 양의 첫 새끼와 그 기름을 제물로 드렸다

가인은
저주받은 땅의 열매를, 더구나 저주를 제거하는 피도 없이
여호와께 성의 없이 드렸기에
피 흘림이 없은즉 죄 사함이 없었다 (히 9:22)

아벨은
첫 새끼와 그 기름을 제물로 드렸으니
그리스도의 완전하신 희생 외에는 어느 것도
우리의 마음과 영혼의 평안을 주지 못함을 알았도다

가인의 길에는
하나님이 용납하신 믿음의 사람 아벨을 죽임으로
만대에 거짓 종교의 조상이 되어
거짓 교사들이 사람들의 영혼을 살해하고 있으며
브올의 아들 발람의 길을 따르도다 (벧후 2:15)

104

아벨의 피의 호소는 들리지 아니 하고
십자가에 못박히신 그리스도는 보이지 아니 하며
질투와 저주만이 가득하도다

믿음이 없으면서 성경을 읽고 기도하며 설교를 듣나니
머리 위에 사망과 심판이 쏟아질 순간을
우울하게 기다리며 살아갈 뿐이로다

아벨의 길에는
죄인이 하나님께 나갈 수 있는 길은 제물에 의해서이며
그 제물은 죄인을 대신하여 죽어주는 대속물(代贖物)이며
흠 없는 희생제물(犧牲祭物)의 피에 의해야 하는 것임을
알고 있도다

아벨이 바친 제물에서 그리스도의 모형이 나타난다
하나님의 아들 우리 주 예수 그리스도의 완전하신 희생 외에는
그 무엇도 우리의 마음과 영혼의 평안을 주거나 뺏을 수 없다

땅에서는 저주와 죄의 누추함과 무덤만이 보였고
믿음의 거룩한 능력 안에서 그 죄를 사함 받을 제물을 바쳤고

하나님 안에서 피난처를 찾았도다

하나님 감사합니다
가인과 아벨을 우리 앞에 보내어
가인의 길을 가지 아니 하고
아벨의 길을 가도록 알려주심 큰 은혜로다

(2014. 6. 14)

*매킨토시(C. H. Mackintosh, 1820~1896, 아일랜드) 지음. '모세오경 강해' 창세기 4:3~4
를 읽고

하나님의 뜻

천지를 창조하시고 우리를 지으사 축복하여 주시는
하나님의 그 크고 깊으신 뜻을 어찌 감히 알랴마는
주님의 말씀과 영감 받은 사도들의 증언을 살펴보노라

"하늘에 계신 우리 아버지여 이름이 거룩히 여김을 받으시오며
나라가 임하시오며 뜻이 하늘에서 이루어진 것같이
땅에서도 이루어지이다" (마 6:9~10)

하나님의 뜻은
주님에게 주신 자 중에 네가 하나도 잃어버리지 아니 하고
마지막 날에 다시 살리는 것이요 (요 6:39)

우리를 거룩하게 함이니 (살전 4:3)
음란과 우상숭배에서 구별하여
거룩하게 하려 하심이라

예수 그리스도 안에서
항상 기뻐하고 쉬지 말고 기도하며
범사에 감사하며 살라 하심이라 (살전 5:16~18)

모든 사람이 구원을 받으며
진리를 아는 데 이르기를
원하심이라 (딤전 2:4)

우리 중에 아무도 멸망하지 아니 하고
다 회개하기에 이르기를
오래 참으시며 원하심이라 (벧후 3:9)

하나님의 뜻은
하나님이 하시고자 하시는 의지(意志)니
빛이요 진리요 구원이요 사랑이로다

하나님은 자신의 인격과 성품을 따라
우리의 영혼을 특별히 지으시어 축복하여 주시며
이 세상에서 이렇게 살라고 하신다

이 세대를 본받지 말고 오직 마음을 새롭게 변화를 받아
하나님의 선하시고 기뻐하시고 온전하신 뜻이
무엇인지 분별하도록 하라 (롬 12:2)

눈가림만 하여 사람을 기쁘게 하는 자처럼 하지 말고
그리스도의 종들처럼
마음으로 하나님의 뜻을 행하라 (엡 6:6)

성령을 소멸하지 말며 예언을 멸시하지 말고
범사에 헤아려 좋은 것을 취하고
악은 어떤 모양이라도 버리라 (살전 5:19~22)

선을 행하므로 고난 받는 것이
하나님의 뜻일진대
악을 행하므로 고난 받는 것보다 나으니라 (벧전 3:15)

그리스도께서 이미 육체의 고난을 받으셨으니
너희도 같은 마음으로 갑옷을 삼으라
육체의 고난을 받은 자는 죄를 그쳤음이니
하나님의 뜻을 따라 육체의 남은 때를 살아라 (벧전 4:1~2)

이 세상도 그 정욕도 지나가되
오직 하나님의 뜻을 행하는 자는
영원히 거하느니라 (요일 2:17)

하나님의 뜻을 항상 생각하며
기쁘고 즐겁게 살게 하여 주시니
기쁘고 즐거워 감사하나이다

(2014. 6. 23)

*하나님의 뜻이 무엇이냐고 묻는 자나, 대답하는 자의 모습을 보며

그의 나라와 그의 의를 구하라

"너희는 먼저 그의 나라와 그의 의(義)를 구하라
그리하면 이 모든 것을 너희에게 더 하시리라" [1]
예수님은 이렇게 기도하라고 일러주셨다

하나님의 나라를 구하라
모든 삶의 영역에서 하나님의 다스리심 속에
들어가기를 힘쓰라

하나님과 동행하는 삶
하나님의 영광을 위한 삶
하나님이 기뻐하는 삶

111

하나님의 의(義)를 구하라
하나님의 나라에 들어왔으면
하나님의 법을 따라 살기를 힘쓰라

하나님의 말씀 따라 사는 삶
하나님의 공의(公義)대로 사는 삶
하나님의 말씀 의지(依支)하여 사는 삶

하나님이 주체가 되시고
하나님이 주도하시고 공급하시는 삶에
흠뻑 젖어 살아라[2]

그리하면 이 모든 것을 너희에게 더하시리라
하나님이 다스리는 나라에서 말씀대로 살면
먹고 입을 걱정 없이 더 풍부하게 주신다

(2014. 6. 25)

1) 마태복음 6:33
2) 유진 피터슨(Eugene. H. Peterson, 1932~ , 미국) 지음. '메시지(The Message)'

112

제**4**부

산 너머 마을로 가는 길

나는 하나님의 종족(宗族)이다

나는 여산송씨(礪山宋氏) 종족(宗族)임을 알고 가슴이 뿌듯하였고
하나님의 서자(庶子) 환웅(桓雄)의 자손(子孫)임을 알고는
더욱 감사하여 하늘을 우러러 고개를 숙였다

"모세와 아론이 지명된 이 사람들을 데리고
둘째 달 첫째 날에 온 회중을 모으니
그들이 각 종족(宗族, tribe)과 조상(祖上)의 가문(家門)에 따라
이십 세 이상인 남자의 이름을 자기 계통 별로 신고하매"(신 1:17~18)

우리가 지금은 하나님의 자녀라 (요일 3:2)
다 믿음으로 말미암아 하나님의 아들이 되었다 (갈 3:26)
하나님의 영으로 인도받는 사람은 하나님의 아들이라 (롬 8:14)

영광 중에 부활하신 예수 그리스도 나의 종족(宗族)이시니
믿음으로 알게 된 나의 가문
참으로 위대한 가문(家門)이로다

지혜는
자기의 모든 자녀로 인하여 옳다 함을 얻고 (눅 7:25)
그 행하는 일로 인하여 옳다 함을 얻느니라 (마 11:19)

지혜의 모든 자녀들은
아벨의 날에서 시작하여 지금까지
이 위대한 가문의 특징으로 우뚝 솟았도다

세리들은 하나님을 옳다 하고 자신을 정죄(定罪)하였으나
바리새인들은 자신을 옳다 하고 하나님을 판단하니 (눅 7:29~30)
자신을 정죄하는 정신이 하나님의 가문의 특징이로다

자기 자신을 가차없이 판단하며
진정한 회개를 하기만 하면
나는 하나님의 종족이라 선포할 수 있도다

(2014. 6. 26)

*매킨토시(C. H. Mackintosh, 1820~1896, 아일랜드) 지음. '모세오경 강해' 신명기 1:17~18
을 읽고

예수님이 아파하실 거예요

광야에 있던 이스라엘의 진

저 황량하고 쓸쓸한 광야에 나타난 이스라엘의 진(陣)
하나님은 언제나 그 진에 눈길을 두고 계셨고
호화로운 애굽의 왕궁이 아니라
그 진 한가운데 계셨다

이스라엘의 진은 교회의 모형이다
이 백성들은 가진 것 없고 할 수 있는 일도 없으며
빵 한 조각 물 한 모금 가지지 못했으나
하나님의 손에서 직접 그것들을 매일 받아 가졌다

눈으로 보기에 실질적이고 확실하고 참된 것은
아무것도 소유한 바 없지만
단 한 가지 참되시고 살아계시고 영원하신
하나님을 모시고 있었다

육으로는 애굽의 곡식창고를 향해 눈길을 던지며
무엇인가 만질 수 있는 것을 보려고 하지만
믿음은 하늘을 쳐다보고 거기서 모든 근원을 찾나니
광야의 진이 그러하고 세상의 교회가 그러하도다

116

이스라엘이 광야에 속하지 아니 하고
다만 광야를 통과하고 있을 뿐이듯
교회도 이 세상에 속하지 아니 하고
다만 이 세상을 통과하고 있을 뿐이다

이스라엘 진이 광야와는 완전히 구분된 것같이
교회도 세상과는 완전히 구분된다
광야에 뱀과 전갈과 수많은 위험이 있듯이
교회에도 지극히 눈부신 유혹과 매혹이 있다

(2014. 6. 27)

*매킨토시(C. H. Mackintosh, 1820~1896, 아일랜드) 지음. '모세오경 강해' 민수기 2:34를
읽으며

예수님이 아마하실 거예요

열하룻길

"호렙 산에서 세일 산을 지나
가데스 바네아까지
열하룻길이었더라" (신 1:2)

가나안이 바라보이는
요단 건너편 모압 땅에서
모세가 첫 설교를 한다

세상권력에 묶였던 이스라엘이
하나님의 구원으로 애굽을 벗어나
가데스 바네아까지 사십 년이 걸렸다

하나님이 그의 백성을 위해 하셨던
지난 날의 기억을 내일의 바라봄으로 삼고
오늘의 마음가짐을 다져보자

열하룻길을 사십 년 걸린 여정(旅程)
평안만을 찾고 있는 우리의 불신앙의
그림자는 아닐는지

118

사랑을 받고 있으면서도 의심하고 두려워한 세월
율법, 악한 교훈, 거짓된 헌신으로 허송한 세월
가까이 가지 아니 하고 멀리 떨어져 서 있던 세월

이것이
내가 마흔 살에 주님을 믿는다며 허송한
근 사십 년의 갈팡질팡한 세월이로다

하나님은 확실히 믿게 하려고
철저히 배워 알도록 그렇게
내 곁에 항상 앉아계셨구나

(2014. 6. 28)

*매킨토시(C. H. Mackintosh, 1820~1896, 아일랜드) 지음. '모세오경 강해' 신명기 1: 2를
읽으며

갈렙의 믿음

세상 사람들은 보아야 믿는다고 하지만
믿음의 사람은 믿으면 보인다
갈렙은 믿음으로 보았다

믿지 아니 함은
하나님의 말씀에 귀머거리요
하나님의 행동에 장님이다

불신앙은 마음을 낙담시키고 손을 연약하게 하며
길을 어둡게 하며 앞을 방해한다
이스라엘의 불신앙이 광야 40년을 방황케 했다

믿음은
하나님 안에 있는 영원한 사랑의 샘을 마시고
하나님에 속한 모든 사람을 사랑하게 하며
마음을 정결케 하며 사랑으로 세상을 이기게 한다

120

갈렙은
하나님이 이스라엘을 가나안 땅으로 인도하실 것과
모든 문제와 방해는 믿음의 밥이 될 것을 믿었다

네가 믿으면 하나님의 영광을 보리라 (요 11:40)

믿는 자에게는 능히 하지 못할 일이 없느니라 (막 9:23)

네 입을 크게 열라 내가 채우리라 (시 81:10)

무엇이든지 믿고 구하는 것은 다 받으리라 (마 21:22)

우리도

하나님을 보다 더 생생하게 믿어

주시는 축복을 빠짐없이 누리자

(2014. 6. 29)

*매킨토시(C. H. Mackintosh, 1820~1896, 아일랜드) 지음. '모세오경 강해' 신명기 1: 36
을 읽으며

예수님이 아파하실 거예요!

아직도 애기구나

여자 어린이를 보면
"우리 연희만하구나"

남자 어린이를 보면
"우리 지혁이만하구나"

"여보
저 아이들은 초등학생이야"

"할아버지!" 하며
달려와 안긴다

"아직도 애기구나"
"그럼요" 아범이 답한다

기다리는 마음 속에서는
보고 싶을 때마다 자라나 보다

(2014. 6. 30)

*임연희(林淵熙, 2010. 1. 4) 외손녀, 윤지혁(尹志奕, 2011.12.18) 외손자

하나님의 자녀

대(代)를 이을 아들이 없으면 우리는
입양을 하여 양자(養子)를 삼아 대를 이어 왔다

하나님은 대를 잇기 위해서가 아니라
흠 없이 살게 하려고 자녀(子女)를 삼으신다

부지런하여서가 아니고 예뻐서도 아니고
오직 세상에 오신 예수님을 믿기만 하면 된다

뜻을 거역하며 살아온 두려운 삶이
자녀가 되어 아버지 품에 안기는 영광을 누린다[1]

자녀가 된 우리는 그리스도가 받은 영광(榮光)을 받기 위해
그가 받은 고난(苦難)도 함께 받아야 한다[2]

그리스도와 함께 받은 고난이요
그리스도를 위한 고난이니 견디어 내어야 한다

고난이 우리를 넘치면
우리가 받는 위로도 넘치도다[3]

하나님 아버지의 사랑
기쁘고 즐겁고 감사함 무궁하도다

(2014. 7. 3)

*요한복음 1장 12절을 읽으며
1) 에베소서 1:4, 로마서 8:14, 15, 21, 고린도 후서 3:17, 갈라디아서 4:6
2) 로마서 8: 17
3) 고린도 후서 1:5

모세의 순종

"너는 비스가 산 꼭대기에 올라가서
눈을 들어 동서남북을 바라보고
네 눈으로 그 땅을 바라보라
너는 이 요단을 건너지 못할 것임이니라"(신 3:27)

여호와의 소명, 신임, 사랑을 받은 자
애굽 땅을 떨게 했던 이스라엘의 지도자
하나님의 종 모세는 백성들 앞에 고백한다

여호와께서 무리바의 일로 진노하신 일
요단을 건너는 것을 거절하신 일
후계자를 임명하라신 일

하나님의 통치력에 겸손히 머리 숙인 모습
후계자에 대한 아름다운 배려와
막중한 임무를 충실히 이행할 것의 격려

125

하나님은 은혜를 베푸셨다
비스가 산 꼭대기로 인도하여
가나안 땅의 구석구석을 다 볼 수 있게 하셨다

아담이 이것을 알았더라면 낙원에서 쫓겨나지 아니 했고
모세와 아론이 알았더라면 요단을 건넜을 것이요
사울이 기억했더라면 왕위를 빼앗기지 않았으리라

고집스런 의견을 내세우며 판단하고 행동하는 우리
살아계신 말씀에 순종하며 성령님의 인도하심을 받아
때가 이르면 주실 은혜 바라며 살 일뿐일세

(2014. 7. 4)

*매킨토시(C. H. Mackintosh, 1820~1896, 아일랜드) 지음. '모세오경 강해' 민수기 3장을
읽으며

거듭나다(重生, Born again)

"사람이 거듭나지 아니 하면
하나님의 나라를 볼 수 없느니라"[1]

어머니 태중에 들어갔다가
다시 나오는 것이 아니고
위로부터 보다 고귀한 생명으로 태어나는 것

인격을 닦고 기르거나
율법, 도덕, 양심에 따라 행동하거나
사색이나 명상으로 신비한 성품을 찾는 것 아니란다

혈통, 육정, 사람의 뜻으로가 아니라
하나님께서 예수 그리스도를 믿는 자에게
성령을 내주(內住)하게 하심으로 새 생명을 주시는 것이란다[2]

하나님의 사랑의 능력과 뜻에 따라
진리의 말씀으로
새롭게 낳은 것[3]

주님의 이름으로 세례를 받은 자가

죄에 대하여 옛 사람이 죽고
부활을 본받아 새 생명을 받은 것[4]

거듭난 자는 하나님 나라를 보나니
믿음으로 세상을 이기고[5]
죄를 짓지 아니 하며[6]
주님의 의로우심을 알아
의와 선을 행하며
서로 사랑하도다[7]

(2014. 7. 7)

1) 요한복음 3:3
2) 요한복음 1:12~13, 3:3~7, 에베소서 2:5~6, 디도서 3:5
3) 베드로 전서 1:3, 23, 디도서 3:5, 요한 일서 2:29, 3:9, 4:7, 5:1, 야고보서 1:18
4) 로마서 6:1~11, 골로새서 2:12~13
5) 요한 일서 5:4
6) 요한 일서 3:9, 5:18
7) 요한 일서 2:29, 4:7, 5:18, 에베소서 2:10

죄(罪)와 병(病)

병이 나니 몸이 아픈 것보다 마음이 더 아프다
중풍으로 고생 끝에 지팡이 짚고 대문 밖을 걷다가
사람들의 눈초리가 무서워 되들어왔다

무슨 중한 죄를 졌기에 중풍병에 걸렸나
우리 조상들이나 유대민족이 모두 그랬듯이
병은 죄의 결과로 전해 오고 있다

너희가 여호와의 말을 들어 순종하면
질병을 하나도 내리지 아니 하리라 (출 15:26)

보라 네가 나았으니
더 심한 것이 생기지 않게
다시는 죄를 범하지 말라 (요 5:14)

그렇구나
나도 지은 죄가 많아 중병에 걸렸구나
여기까지 참아주심 감사할 뿐이로구나

빌라도에게 희생된 갈릴리 사람이나

129

실로암 망대에 치어 죽은 사람이
다른 사람들보다 죄가 더 있는 것이 아니라
회개하지 아니 하였기 때문이라 하신다 (눅 13:1~5)

이 사람이나 그 부모의 죄로 인한 것이 아니라
그에게서
하나님이 하시는 일을 나타내고자 하심이라 (요 9:3)

오직 이 말씀 의지하여 사람 눈치 보지 않고
한 발짝 한 발짝 지은 죄 회개하며 걷는 모습
주신 은혜 한 송이 꽃으로 피어나게 하소서

(2014. 7. 7)

* 요한복음 5:14를 읽으며

너희 중에 한 사람은 마귀니라

"내가 너희 열둘을 택하지 아니 하였느냐
그러나
너희 중에 한 사람은 마귀니라" (요 6:70)

열두 제자 중에
한 사람 가룟 유다는
마귀의 도구가 된다는 말씀이로다

마귀(魔鬼)는
비범한 능력을 가진 하나님의 대적자요
우리를 유혹하여 타락시키는 악한 놈이다

동방 사람 중에 가장 훌륭한 욥을 괴롭혔고 (욥 1:6)
예수님을 광야에서 시험하였고 (마 4:1)
가룟 유다의 마음에 예수를 팔려는 생각을 넣었다 (요 13:2)

마귀는
죽음의 세력을 잡아 세상을 통치하지만 (히 2:14)
그리스도에게 압도적인 패배를 당한다

인자가 모든 천사들과 함께 오셔 영광의 보좌에 앉으신다 (마 25:1)
마귀가 땅으로 내쫓겨져 그의 사자들도 함께 쫓겨지리라 (계 13:9)
하나님에 의해 불과 유황불에 던져지어 멸망하도다 (계 20:10)

마귀는
가룟 유다의 마음 속에 예수님을 팔려는 생각을 넣었지만
하나님의 구원계획의 도구로 이용되었도다

(2014. 7. 12)

천사(天使, Angel)

천사는 하나님을 섬기고 심부름을 하는 일꾼이요
연약한 사람을 도와주는 하나님이 보내신 사자(使者)요
하나님 편에 서서 대적과 싸워주는 영적 존재이다

천사는 피조물이요 하나님이 부리시는 영이요
하나님의 메시지를 전하는 배달부이기에
믿음의 대상이나 숭배의 대상은 결코 아니다[1]

수많은 천사들은 예수님의 명령을 따르며
무덤 입구 돌을 치워 부활하심을 알려주고
주의 재림 때에도 천사들이 따를 것이다

천사들 중에는 선한 천사와 악한 천사가 있으며
악한 천사들의 우두머리가 사탄(Satan)이다
죄에 빠져 타락한 천사도 있다

우리의 심령이 온유하고 겸손하며 경건해야
하나님은 천사를 보내주신다
나만 깨끗하면 뭐해 탄식하지 말아야 하도다

내일이면 처형당할 베드로를 위해 교회가 기도하여
천사가 베드로를 감옥에서 이끌어냈듯이
우리도 하나님께 간절히 기도할 일이로다

험한 세상 정결하게 살아야 할 이유
항상 기도하며 살아야 할 이유가 있도다
천사를 보내주실 것을 이제 알았기 때문이로다

(2014. 7. 13)

*수원제일감리교회 이정찬 담임목사의 '천사의 존재와 활동' (사도행전 12:5~10) 설교 말
씀을 듣고
1) 히브리서 1장 14절

134

견딜 수 있게만 아프면 돼요

안과 진료를 마치고 계단을 올라 약국을 가는데
앞질러 올라가 문을 밀어 열어주며
아줌마는 조심스럽게 말 한 마디로 인사를 한다

"아파도 견딜 수 있게만 아프면 돼요"

잠시 생각하니
견딜 수 없게 고통스러워하는 모습이 떠오른다
노인, 젊은이, 어린이, 여자, 남자

혼자는 견딜 수 없어
사람을 곁에 세워
고통을 이겨내는 모습들이 떠오른다

135

그래,
참으로 맞는 말이로구나
견딜 수 있고, 혼자 다니기까지 하니

오늘도
잊을 뻔한 감사의 조건을
일러주는 이가 있으니 기쁘고 즐겁다

(2014. 7. 14)

산 너머 마을로 가는 길

참기 힘든 치통과 어깨근육통
초복의 무더운 밤을
진통제를 먹고서야 누워 잠이 들었다

마을 야산등성이에서
돌도끼와 기왓장 조각을 들고
말하는 자의 이야기가 들려온다

이 마을은 옛 조상 때부터 맹수를 물리쳐야 했기에
깊고 어두운 동굴 안에서 살아야 했는데
그것도 항상 평안하지를 못하였단다

그런데
산 너머 마을에는 맹수와의 싸움, 병마의 고통이 없어
편안하고 행복하게 살고 있단다

멀리 길이 그 마을로 가는 길이란다
푸른 풀밭 가운데로 곧고 좁은 길인데
지나다니는 사람은 보이지 아니 한다

136

산 너머 고통이 없는 마을
이렇게 가까이 있다 하니
이 어찌 기쁘고 즐겁지 아니 한가

어서 빨리 여러 사람에게 알려주어
다같이 그 마을에 가서 평안하게 살고 싶으나
누가 내 말을 들어주랴 걱정하다가 깼다

"나의 놀라운 꿈 정녕 내 믿기는
장차 큰 은혜 받을 표니
나의 놀라운 꿈 정녕 이루어져
주님 얼굴 뵈오리라"(찬송가 490장 후렴)

(2014. 7. 20)

예수님이 아마하실 거예요

천국(天國, Kingdom of Heaven)

우리가 들어가려고 믿는 천국
과연 있기는 한 것인가
보이지 아니 하니 없는 것 아닌가

하나님이 통치하시는 나라
높고 광활한 하늘에 있는
영원하신 하늘나라

새들 날으고 구름 지나고 비행기 다니는 하늘 (sky)
해와 달과 별들이 빛나고 인공위성 다니는 하늘 (space, 宇宙)
이들 하늘보다 더 높은 곳에 있는 하늘

예수 그리스도께서 바로 들어가신 하늘 (히 9:24)
하나님께서 지으신 영원한 집이 있는 하늘 (고후 5:1)
사도 바울이 이끌려갔던 하늘 곧 낙원 (고후 12:4)

하늘나라에는
질병 고통 불안 염려 근심
바다 곧 폭풍과 이별이 없도다

138

평안하고 안전하고 아름다운 집
기쁨 행복 활기찬 노래 생명수 흐르는 강
하나님의 장막과 예수님 계시도다

죄 짓지 아니 한 자가 들어가는 곳 아니오
지은 죄를 회개하고
어린 양의 피로 씻김 받은 자는 다 들어가는 곳

하나님의 장막이 사람들과 함께 계시매
그들은 하나님의 백성이 되고
사망과 애통하는 것이 없는 곳

(2014. 7. 20)

*수원제일감리교회 이정찬 담임목사의 '천국의 존재와 활동' (계 21:1~4) 설교 말씀을 듣
고

예수님이 아파하실 거예요

응답 받는 기도

"너희가 내 안에 거하고 내 말이 너희 안에 거하면
무엇이든지 원하는 대로 구하라
그리하면 이루리라" (요 15:7)

아직 이른 새벽인데
예수님이 제자들에게 일러주시는 말씀
생생하게 들려온다

생각하고 판단하며 행동하여
말씀 옳다 하며 모시고 살아라
구하는 대로 받으리라

내 안에 거하라
주님의 말씀을 따라 살아라 (요일 2:5)
주님이 행하신 대로 행하라 (요일 2:6)

주님을 본받아 살아라
주님의 생전에 하신 말씀
교훈 권면 명령 책망 경고를 기억하라

140

주님 안에서 생활하라
말씀이 마음 속에 작용하여
생각 판단 행동하라

그리하면
우리가 구하는 대로
응답 받는 기도가 되리라

듣기는 쉬워도 행하기 어려우나
말씀에 소망을 품고
한 발 한 발 가까이 다가가노라

(2014. 7. 22)

예수님이 아파하실 거예요!

찾아온 견우와 직녀

남자답게 씩씩한 견우(牽牛)
여자답게 단아한 직녀(織女)
찾아와 마주앉았다

은하수 마을에 살고 있는
부지런한 목동 견우와 길쌈 잘 하는 직녀
온 마을이 일어나 결혼을 주선해 주었다

결혼 후에 게을러져 촌장님의 준엄한 벌로
은하수 사이에 두고 떨어져 살며
아직도 일 년에 하루 칠월 칠석에나 만난단다

언제 사면해 줄지 모르는 처벌 너무 서러워
헤어져야 할 계명성(啓明星) 오르기 전에
좋은 방법이 있는가 찾아왔단다

세상에 이처럼 애석한 일이 또 있을까
눈물을 흘리며 두 사람의 손을 잡는 순간
말씀이 들려온다

142

하늘나라 임금님께 지은 죄 용서하여 달라면
너희는 하늘나라 백성이 되어
너희 죄를 대신 갚아주신단다

당장 셋이서 손잡고
주님 가르쳐 주신 기도를 시작하니
가벼워져 날라가려는 그들 다리에 걸려 잠이 깼다

(2014. 8. 3)

*어제가 음력 칠월 칠석이고 오늘 이른 새벽 꿈이다

143

일어나 걸으라

"은과 금은 내게 없거니와 내게 있는 이것을 네게 주노니
나사렛 예수 그리스도의 이름으로
일어나 걸으라"(행 3:6)

나면서 못 걷게 된 사람에게 말하는
베드로의 당당한 목소리에 잠을 깨어
쟁쟁한 말씀을 듣는다

나도 앉은뱅이로다
말씀을 즐겨 읽고 묵상하나
성전 빈 자리만 채우고 행하지 못하고 있구나

믿음의 앉은뱅이
그렇게 살아갈 줄만 알았는데
일어나 걸으니 금이나 은보다 더 귀한 은혜로다

복음의 말씀 순종하여
일어나 걷기도 하고 뛰기도 하며
주님을 찬양하리라

144

창으로 들어오는 무더운 바람 사이사이
신선한 바람 그대로 앞가슴 파고드니
메마른 내 마음을 적시는구나

(2014. 8. 6)

예수님이 아마하실 거예요!

제 5 부

하늘에 쓰고 싶은 글

다시 보고 듣는 맛

십여 년 전부터 즐겨 보고 듣는
텔레비전 연속극이 있다

용의 눈물, 조선태조 이성계의 나라 세움
서동요, 서동과 선화공주의 사랑
대조영, 발해 건국의 이야기
태조 왕건, 고려 건국 이야기
야인시대, 장군의 아들 김두한 일대기
주몽, 부여의 왕자 아닌 왕자 주몽이 고구려 세움
대장금, 끈질긴 시련을 야금야금 풀어나가는 열성
선덕여왕, 공주가 되려는 것 아니요 임금이 되려고 계림에 왔다

오늘은 주몽의 재방송을 다시 보며
어머니와 부인을 부여궁 안에서 구출할까 걱정이다

말씀을 읽는 것도 마찬가지다
몇 번을 읽어도 주인공이 어떻게 될까 궁금해진다

148

오늘은 사도행전 8장을 읽으며
빌립이 에디오피아 내시를 어떻게 전도하는가 궁금하다

주인공이 잘 되면 함께 기뻐하고
잘못 되면 다같이 눈물을 흘린다

말씀 속에서 살아 계신 섭리를 깨닫고는
슬퍼하고 기뻐하고 즐거워한다

연속극 재방송을 다시 보고 듣는 맛이나
말씀을 다시 읽으며 보고 듣는 맛이 다를 바 없구나

(2014. 8. 7)

예수님이 아마하실 거예요

하늘에 쓰고 싶은 글

구름 한 점 없는 맑고 파란 하늘
어제가 입추(立秋)였으니 별일은 아니다

저 고운 하늘 종이에 쓰고 싶은 글
곰곰이 생각해 본다

고개 들어 바라보기에는
너무나 부끄럽다

가슴이 설레이기도 하고
온몸이 후들후들 떨린다

주신 사랑 분에 넘치면서도
순종하지 못한 죄송스러움

몇 번을 주저하면서
조심스럽게 조금 바라본다

해 오르면 하늘색이 어두워질까
조심스럽게 서둘러진다

작은 글씨로 한 줄 썼다

"아버지 하나님 감사합니다"

(2014. 8. 8)

예수님이 아마하실 거예요

서서 보라 외치지 말라

나라 안팎이 너무 떠들썩하고
일어나는 일들이 몹시 두려운데
새벽 시원한 가을 바람에 정신이 번쩍 든다

이스라엘이 애굽을 나와 홍해에 이르자
바로의 마병(馬兵)들이 뒤를 쫓아오고
백성들은 애굽 백성을 섬기는 것이 낫겠다고 외친다

"너희는 두려워하지 말고 가만히 서서
여호와께서
오늘 너희를 위하여 행하시는 구원을 보라"

이스라엘 자손들이 난공불락의 여리고 성 앞에 이르자
여호와께서 오늘 여리고를 네 손에 넘겨주신다 하시는데
백성들은 두려워한다

"너희는 외치지 말며
너희 음성을 들리게 하지 말며
너희 입에서 아무 말도 내지 말라"

모세와 여호수아의 낭랑한 목소리
오늘 우리에게 주시는 귀한 말씀
두렵고 걱정되는 마음이 평안해진다

가만히 서서 구원하심을 보라
결코 우리나라를 구원하여 주실 것이니
맡은 일을 더욱 열심히 하라신다

외치지 말라
사공이 많으면 배가 산으로 가니
맡은 일을 더욱 조용히 하라신다

(2014. 8. 11)

153

*출애굽기 14장 13절, 여호수아 6장 10절 말씀

아름다운 손길

지팡이 짚고 동네길 걷다가
이웃집 대문 앞 대여섯 큰 화분에 꽃을 보곤 한다

허리 굽혀 꽃을 들여다보면 향기로 인사하고
한 송이 한 송이 이름 부르면 살짝 웃어준다

오늘은 아주 놀라운 잔치에
곁을 떠나지 못하고 서 있다

천사의 나팔 황금색 꽃 서른세 송이가
다같이 활짝 웃으며 반겨준다

사이사이 속속들이 살펴보니
귀한 꽃 미소를 짓는다

가지, 고추, 둥글레, 산나리, 나팔꽃, 사랑초, 까마죽…
아주 오래간만에 귀한 목화 꽃까지

154

엄마 따라 밭에서 놀다가 집에 가자고 졸라대면
하얀 목화송이 쉬지 않고 따 담으시던 어머니 모습

먼 하늘 바라보며
흐르는 눈물 머금는다

꽃이 지고나니
정헌이 지혜롭게 자라는 모습
귀여운 은솔이 양 볼에 웃음 꽃

심고 물 주어 가꾼 분*
꽃보다 아름다운 손길이로다

(2014. 8. 13)

*심고 물 주어 가꾼 분—이정헌(5살), 이은솔(9개월)의 할머니

어린 시절 밤하늘

어디에선가 집에 돌아오는데
하늘에 별들이 하나 둘 빛난다

혼자라도 밤새워 걷고 싶은데
마침 어머니 따라 아버지 마중을 나섰다

하늘에는 크고 작은 별들이
우산 돌리듯 돌아간다

할머니 손잡고 걷던 길
어머니 따라 외가에 가던 길

그 길을 걸으며
하늘을 둘러 본다

낮은 산들이 가려 다 볼 수 없어
넓은 들길, 높은 산길을 밤새워 걷고 싶다

156

유성(流星)이 지나며 잊었던 추억이
길가 풀 위에 방울진다

고개를 들어 머리 위 별을 보다가
뒤로 넘어지며 잠이 깨었다

어린 시절 밤하늘 별을 보며
오늘 혼자라도 밤새워 걷고 싶다

(2014. 8. 14)

충무공의 세 마디 말씀
― 영화 '명량'을 보고

"아직 열두 척의 배가 있지 아니 하냐"

누명으로 옥에 갇혔다가 다시 임명된
삼도수군통제사 이순신(李舜臣)
성웅(聖雄) 충무공(忠武公) 이순신 장군(將軍)

남은 것이라고는 의욕을 잃은 군사와
두려움에 떨고 있는 백성, 열두 척의 판옥선(板屋船)뿐
그래도 장병(將兵)들에게 하신 말씀이다

"살고자 하면 죽을 것이요 죽고자 하면 살 것이다"
(生卽必死 死卽必生)
죽기를 각오한다면 반드시 살 길이 있다

명량해전(鳴梁海戰) 하루 전에 부하 장병들에게
사랑을 가슴에 품고 창검을 굳게 잡은 채
나라에 충성을 다짐하며 하신 말씀이다

"승전(勝戰)한 것은 천행(天幸)이었다
천행은 회오리치는 물결이 아니라 백성(百姓)이었다"

왜군(倭軍)의 배 330척을 격파하신
울돌목 해전에서 크게 승리한 후
아버지가 아들에게 자상하게 일러주신 말씀이다

오늘 우리가 겪고 있는 이 어려움 앞에도
나서지 아니 한 몇몇 사람, 맡은 일을 열심히 하는 이
몸과 마음과 정성을 다하여 기도하는 백성이 있다

(2014. 8. 15)

*참고 "누구든지 자기 목숨을 구원하고자 하면 잃을 것이요, 누구든지 나와 복음을 위하
 여 자기 목숨을 잃으면 구원하리라" (마가복음 8:35)

가나안 여자의 아름다운 믿음

가나안 여자의 잔잔한 목소리가
이른 새벽 선선한 바람결에
풀벌레소리 따라 들려온다

다윗의 자손이여 나를 불쌍히 여기소서
내 딸이 흉악하게 귀신들렸나이다 하되
주님은 한 말씀 아니 하신다

한참 지나서야 말씀하신다
이스라엘 집의 잃어버린 양 외에는
다른 데로 보내심을 받지 아니 하였노라

주여 저를 도우소서 절하며 애원하니
자녀의 떡을 취하여
개들에게 던짐이 마땅하지 아니 하니라 하신다

이쯤 되면
오해하거나 항의하거나 불평하였을 텐데
어찌 이리도 겸손, 재치, 인내, 믿음으로 잔잔하게 여쭈었을까

"주여 옳소이다마는
개들도 제 주인의 상에서
떨어지는 부스러기를 먹나이다"

한갓 개라 생각하며 부스러기를 주워 먹으려는 겸손
그것으로 넉넉하다는 믿음
낙심치 아니 하는 인내
참으로 재치 있고 아름답도다

(2014. 8. 18)

*마태복음 15장 21절~28절, 마가복음 7장 24절~30절 말씀을 읽으며

예수님이 아파하실 거예요

포도원에서 들려오는 소리

포도원 주인이 포도원에서 일하려고
이른 아침 장터에 나가 품꾼을 찾아 들여보내고
9시, 12시, 오후 3시, 하물며 오후 5시에도 그리하였다

저물매 주인이 청지기에게
나중 온 자로부터 시작하여
먼저 온 자까지 삯을 주라 한다

제일 먼저 온 자들이 더 받을 줄 알았다가
한 시간 밖에 일하지 아니 한 자와 똑같이 받고는
하루 종일 힘들게 일한 우리와 같이 주었다고 원망하는 소리

살아오며 남과 비교만 하여
매사를 불평과 원망으로 일삼던
바로 나의 목소리로다

제일 나중에 들어와 한 시간 밖에 일하지 아니 한 자
온종일 기다리던 초조한 마음 사라지고 기쁘게 일하며
주인의 고마움에 감사하는 소리

하루 벌어 하루 살던 날품팔이
비 오는 날이면 공치던 젊은 시절 지나고
봉급을 받으며 눈물 흘리며 감사하던 나의 소리로다

내가 네게 잘못이 없노라
네 것이나 가지고 가라
나중 온 이 사람에게 너와 같이 주는 것이 내 뜻이니라

구원은 차례가 없으며 너의 수고와도 상관없이
오직 하나님의 뜻에 달린 것이니라
자상하게 일러주시는 은혜의 소리

(2014. 8. 19)

*마태복음 20장 1절~16절 말씀을 상고(詳考)하며

예수님이 아파하실 거예요

노하는 것도 살인이다

자동차세금고지서 받은 일 없는데 독촉장이 나와
담당자에게 전화 문의를 하니
대답이 마음에 맞지 않아 버럭 화를 내며 언성을 높였다

성내지 아니 하려고 다짐했으나
오늘도 참지를 못했으니
세 살 버릇 여든까지 갈까 두렵다

"옛 사람에게 말한 바 살인하지 말라
누구든지 살인하면 심판을 받게 되리라 하였다는 것을
너희가 들었으나
나는 너희에게 이르노니
형제에게 노(怒)하는 자마다 심판을 받게 되고"(마 5:21~22)

사람에게 노하는 것이 곧 살인하는 것이니
성질을 내어 상대방을 괴롭히는 것도
단번에 죽이는 살인과 같이 사람을 죽이는 것이라 하신다

164

성이 나면 험한 말로
상대방에게 상처를 줄 뿐 아니라

결국은 이로 인해 서서히 죽게 된다는 말씀이로다

성을 내고 나면 그때마다
내 자신도 참지 못한 것 괴로워
이렇게 서서히 죽어가고 있구나

노하는 것은 상대방을 죽일 뿐만 아니라
내 자신도 죽인다는 단순한 이치를 모르고
불끈 화를 내거나, 버럭 성냄을 고치지 못하였네

말씀 깨닫고 보니 정말 무서운 버릇
살인의 버릇을 버리지 못하였네
지은 죄 용서하여 주옵소서

(2014. 8. 20)

처음 행하신 표적의 교훈

예수님이 가나에 있는 혼례 집에 초청받아 갔더니
잔칫집에 포도주가 떨어져 어머니가 예수께 일러주었다

예수님은 초청하면 기꺼이 응하신다
잃어버린 자를 찾아 구원코자 오셨기에 (눅 19:10)

이 가을에 주님을 초대하여
새 사람으로 변화되는 은혜를 받자

믿음은 주님의 마음을 움직인다
어머니는 해결하여 줄 것을 믿고 포도주가 없다고 하였다

우리도 위기를 당하거나 난처한 때에
주님께서 도와 주실 것을 믿고 아뢰어 해결함을 받자

말씀을 순종할 때 기적이 일어난다
두 말 않고 여섯 항아리의 아귀까지 채웠다

166

우리도 내 경험 내 주장 다 접어두고
주님의 말씀 순종하면 기적이 이루어진다

하나님이 주시는 것은 최상품이다
연회장(宴會長)이 좋은 포도주라 하였다

사랑이 식어진 내 마음
믿고 순종하여 넘치는 사랑 속에 살자

(2014. 8. 24)

*수원제일감리교회 이정찬 담임목사의 '처음 표적'(요한복음 2장 1절~11절 말씀) 설교
를 듣고

예수님이 아파하실 거예요

우리 사회의 안전장치

여느 때처럼 신문을 훑다가
참말로 오랜만에 눈길이 모아진다

이렇게 맞는 말을 읽으니
기쁘고 즐겁다

'세월호 참사의 아픔을 경험하면서
사회의 안전장치가 소홀하면
얼마나 엄청난 참화(慘禍)가 돌아오는지
절실히 목도하였다'

'법치주의야말로 우리 사회의 안전장치의 기본이다
법치주의를 정착하는 것이
사회 안전망(安全網)을 구축하는 것이다'

이리저리 중구난방(衆口難防) 쏟아냄 아니요
중천금(重千金)의 듣기 힘든 말씀이로다

(2014. 8. 26)

168

*대법원장 양승태(梁承泰)님의 변호사대회 축사

구원받은 소박한 말 한 마디

해골이라 하는 곳에
예수님을 십자가에 못박고
두 행악자(行惡者)도 그렇게 하여 좌우에 있다

행악자 중 한 사람이
"우리는 행한 일에 상응한 보응을 받은 것이니 당연하거니와
이 사람이 행한 것은 옳지 않은 것이 없느니라"[1]

군중, 대제사장, 로마군병
이제는 같이 달린 행악자까지도 조롱을 하는데
이처럼 놀라운 말을 한다

169

지은 죄를 인정하고 십자가 극형도 마땅하다는
온전한 회개의 말이요
이 사람은 잘못이 아주 없다고 증언까지 하고 있다

"당신의 나라에 임하실 때에 나를 기억하소서"[2]
내세를 바라보며 감히 낙원에 데려가 달라고 못하고
소박(素朴)한 마음으로 하는 말이다

"오늘 네가 나와 함께 낙원에 있으리라"[3]
하나님의 나라에 임하실 때가 아니라, 바로 오늘
기억하는 것만이 아니라, 함께 있겠다고 하신다

주님은
오늘도 회개하고 믿는 자에게
즉각 구원하시고 함께 하시리로다

(2014. 8. 27)

1) 누가복음 23:41
2) 누가복음 23:42
3) 누가복음 23:43

풀벌레소리 들으며

할머니 무릎 옆에서 이야기 듣고 있자면
꾸리에서 실 풀리는 소리, 귀뚜라미소리
사르르 잠들게 하던 풀벌레소리

쏟아지는 졸음에 몇 번이고
책상에 이마를 부딪쳐 단잠을 깨운
참으로 얄미웠던 풀벌레소리

사방은 고요한데 쉬지 않고 벌어지는 작전상황
전방 연대 작전상황실에까지 간간이 들려와
고향생각 이어주던 풀벌레소리

어린 아들 딸 잠든 늦은 밤
낮에 못다한 일 분주하게 손을 놀리는데
이제 그만 잠자라던 정겨운 풀벌레소리

칠십 중반을 넘어선 나이에
말씀 즐겨 읽으며 새로움에 취하는 새벽
그리움 솔솔 풀어주고 있는 풀벌레소리

(2014. 8. 28)

*연대 작전상황실은 육군 제 28사단 81연대 작전상황실이다

예수님이 아마하실 거예요 |

날 때부터 맹인

예수께서 날 때부터 맹인 된 사람을 보시고
땅에 침을 뱉어 진흙을 이겨 그의 눈에 바르시고
실로암 못에 가서 씻으라 하시니 가서 씻고 밝은 눈으로 왔다

이 사람이 맹인으로 난 것이 누구의 죄로 인함이니이까
제자들은 병이나 재앙이 누구의 탓인가를 따지고 있으나
예수님은 그에게서 하나님의 일을 나타내고자 함이라 일러주신다

보게 된 사람, 그 일을 본 사람, 이 일을 전한 사람
뿐만 아니라 그 일을 전해 듣고 있는 우리들까지도
하나님은 모든 고통과 재앙에서 구해주셔 영생을 주시려는 것이다

예수님은 십자가에 달려 돌아가실 때가 아직 남았으니
하나님의 일을 하여야 한다고 일러주신다
나이 일흔일곱 살 날 아직 남아 있으니 임의 뜻을 따르리라

자기 생각이나 판단을 버리고
말씀을 따라 순종하여 보게 되었다

범사에 순종하면 네 길을 지도하시리라 (잠 3:6)

안식일을 지키지 아니 하니 하나님께로부터 온 자가 아니다
모든 사람들은 맹인이 눈을 뜨게 되어 감사 감격하는데
유대인 바리새인 몇몇들은 사람을 정죄하고 있다

그가 죄인인지 내가 알지 못하나, 한 가지 아는 것은
내가 맹인으로 있다가 지금 이렇게 보는 것이라
담대하고도 통쾌한 대답이로다

주여 내가 믿나이다
그는 용기 있는 사람, 은혜를 알고 감사할 줄 아는 사람
영의 눈과 영의 귀를 가진 사람, 믿음의 결단을 내린 사람이로다

(2014. 8. 29)

*요한복음 9장 1절~41절 말씀을 읽고

예수님이 아마하실 거예요

혼자 웃으며

사람들이 곁에서 떠나고 있네
두어라 다들 떠나가는 것이다

거저 주는 시집을 읽지 않네
주는 순간 내 것이 아니다

미워하는 마음이 참을 수 없네
나무나 바위라고 여기면 된다

베풀어 준 것을 고마워하지 않네
나도 받은 은혜 갚지 못했다

나이 먹을수록 지는 해가 곱네
아쉬움이 없으면 고운 것이다

보고 싶은 사람이 있네
떠나간 사람 다시 오지 않는다

어린 시절이 그리워지네
어린 마음으로 사는 것이다

| 송홍만 제18시집

화를 참으려 하다 보니
꿈에서 화를 냈다

(2014. 9. 3)

예수님이 아마하실 거예요

단순하게 기도하라

하늘에 계신 우리 아버지
아버지가 어떤 분이신지 드러내소서

세상을 바로잡아 주시고
하늘에서처럼 땅에서도 가장 선한 것을 행하소서

든든한 세 끼 식사로
우리가 살아가게 하소서

아버지께 용서받은 우리가
다른 사람을 용서하게 하소서

우리를 우리 자신에게서와
마귀에게서 안전하게 지켜 주소서

아버지께서는 그럴 권한이 있습니다
원하시면 무엇이든지 하실 수 있습니다

영광으로 빛나시는 아버지
예, 정말 그렇습니다

(2014. 9. 4)

*마태복음(6:9~13)
*유진 피터슨(Eugene H. Peterson, 1932~ , 미국) 지음. '메시지'에서

| 송홍만 제18시집

이렇게 자랐어요

"그때 아이가 이렇게 자랐어요
인천에서 왔어요"

젊은 할머니가 대예배실 앞자리로 와서
어린아이를 안겨주며 말하였다

덥석 당겨 볼을 대니
어린 양을 안으신 예수님 모습 떠오른다

얼마 전에 뒷자리에서 아기소리가 나서
틈틈이 눈을 맞추니 인천에서 왔다고 했다

이제는 이목구비가 뚜렷한
세 살 정도의 어린이로 자랐다

예배가 끝나 친교마당에서 다시 만나
씩씩하게 자라 슬기롭게 살아가길 바랐다

할머니 품에서 순식간에 달려
성도들과 인사하시는 담임 목사님을 돌아 온다

외손자가 오면 동네 길도 못 데리고 다니듯
이 아이도 할머니가 데리고 다니기 힘들겠구나

오늘도 어린아이를 보고 있으니
하늘나라 안으로 끌려 들어가는 것만 같구나

(2014. 9. 7)

*어린이는 김권률(金券律)이다

제 6 부

예수님은 나의 주인

한강시민공원에서

추석 다음날 어린 외손자들을 데리고
한강시민공원(반포지구)에 갔다

자전거 타고 지나는 사람
앉아 쉬는 사람 가득하다

나무 그늘을 찾아가는 큰 이모 제쳐놓고
지혁이가 비둘기를 따라 재빠르게 달린다

작은 나무 큰 그늘 싱싱한 내음
벌떡 누워 흰 구름 수놓은 고운 하늘 본다

여기저기서 올린 연들이
어린 시절을 연줄로 이어준다

갈대 이삭 한 줌 한 줌 손아귀에 정겨움
물 향기 그윽한 강가에서 한껏 느껴 본다

180

남산 위 서울타워, 먼 산 모습
빌딩숲 사이로 살짝살짝 지난다

혹석동 빨래터에서 엄마 따라 바라보던
물 건너 모래사장 보이지 않는다

아침저녁 한강 넘나들던 출퇴근길
어제만 같구나

서울 둘러있는 높고 낮은 산이며
성곽 따라 걷곤 했는데

오늘은 지팡이 짚고 강가를 걸으며
어린 아이들 푸르름 위에 재롱을 본다

(2014. 9. 9)

드실 분 얼굴에 미소를 그려보며

"음식을 짓는 자는 드실 분의 얼굴에 미소를 그려보며 지어야 한다"
수라간 한 상궁(韓尙宮)이 나인(內人) 장금(長今)이에게
어머니같이 스승같이 일러주는 자상한 가르침이다

그들이 중국 사신을 맞이할 음식을 맡게 되어
첫 상을 채소를 위주로 소탈하게 차려 올렸다
정사(正使)는 상 위에 음식을 둘러보고 미간부터 찌푸린다

접대를 맡은 오 대감이 한 상궁에게 호통을 치자
한 상궁은 밖으로 재빨리 나가니
장금이가 연유를 공손히 소상하게 아뢰었다

정사가 듣고 나서 이대로 며칠이나 먹으면 되겠느냐
닷새만 지나면 몸이 가벼워지고 조갈이 나지 아니 할 것이라 하니
차도가 없으면 중국 법에 따라 벌 받을 것을 다짐한다

나흘 째 되는 날, "닷새까지 갈 것 없다 다른 상처럼 올려라"
너덧 가지 맛보고는 "산해진미보다 맛이 더 있구나" 하고는
장금이에게 "이 정도만 먹으면 되겠지" 하며 수저를 놓는다

182

"네가 올곧은 마음으로 정성껏 지어준 음식을
먹는 내가 어찌 지켜야 할 도리를 저버려서야 되겠느냐
작은 조선땅에서 중국보다 더 넓은 마음을 가진 너희를 만나 고맙다"

사신들을 접대함과 세자책봉을 순탄하게 넘긴 뒤
정사로 오신 분이 소갈증이 있음을 알고 그에 맞게 음식을 따로 차려
올린 연유를 중전이 대비께 소상하게 아뢰었다

상감의 수라상을 맡은 상궁이라면 상감의 의도를 어겨가면서라도
옥체의 보전을 위하리라는 수라간 한 상궁과 나인 장금이의
믿음직한 마음씨를 절실히 깨달았다고 조용히 아뢰었다

(2014. 9. 10)

183

*재방송되고 있는 '대장금(大長今)'을 보면서

송이버섯

해질 무렵 손님이 오서 얼른 알아보지 못하니
집사람이 우리 교회 권사님이라고 일러준다

저녁 산책을 하고 돌아오니
접시에 송이버섯 회를 준비하였다

아주 오랜만에 보는 송이버섯이라 군침이 도는데
마침 아들이 집에 있어 셋이서 맛을 음미하였다

솔가래 너울 밀고 방긋 웃는 모습이며
손안에 안길 때 손맛은 얼마나 좋았을까

부서질세라 한 송이 한 송이 종이에 말아
받을 사람 좋아하는 모습 그리며 보내준 고마움

한 송이버섯
귀한 송이마다 묻어나는 고마움

주님의 고운 마음씨 닮아가는 권사님 내외분
주님! 오른손 잡아 강건하게 하여 주시옵소서

(2014. 9. 12)

예수님의 마음을 품고 사십시오

가을도 한가운데 다다른 이른 새벽
벌레소리 타고 멀리 로마 감옥 안에서
빌립보 성도에게 간절하게 일러주는
사도 바울의 반가운 말씀 들려온다

그리스도를 따름으로 삶에 변화가 일어났거나
교회생활을 하면서 어떤 의미가 생겼거나
따뜻한 마음, 배려하는 마음이 생겼거든
예수님의 마음을 품고 사십시오

서로 뜻을 같이하고
서로 사랑하고
서로 속 깊은 벗이 되어
자기의 방식 내세우지 말고 도움의 손길 내미십시오

예수님은
하나님과 동등한 지위였으나
스스로 높이거나 고집하지 않으시며
종의 몸이 되어 우리 가운데 사시었도다

 185

때가 이르매
아버지의 고대하시는 길을 벗어난
우리들을 바른 길로 돌아오도록
십자가에 죽으시기까지 순종하셨도다

이 말씀 듣는 나의 작은 귀
저물어 어둔 밤이 다가오는데
주신 은혜 감사하며
기쁘고 즐겁게 찬양하도다

(2014. 9. 15)

*빌립보서 2장 1절~11절 말씀을 읽으며, 유진 피터슨(Eugene H. Peterson, 1932~ , 미국)
지음. '메시지(the Message)' 참고

186

풍랑을 만나는 까닭

"백부장이 선장과 선주의 말을
바울의 말보다 더 믿더라"(행 27:11)

나라 안팎이 세월호 참사로 아직도 떠들썩한데
오래 전 지중해 항해중인 배에서
이 새벽 놀라운 가르침이 들려온다

아구스도 부대의 백부장 율리오가
바울과 몇 사람의 죄수를 호송하려고 가이사랴를 떠나
무라에서 로마행 큰 화물선으로 옮겨 탔지만
배가 더디어 여러 날만에 그레데 섬 미항(美港)에 이르렀다

바울은 여기서 겨울을 나자고 권했으나
항해의 결정권을 가진 백부장은
항해 책임자 선장이나, 배의 소유자 선주의 말을 더 믿었다

선장(船長)은 경험과 지식에 의한 말이고
선주(船主)는 이해타산에 의한 말이지만
바울은 신앙에 의하여 말한 것이다

지식과 재물의 의견이 중시되고
신앙적인 의견이 무시되었기 때문에
바다에서 풍랑을 만난 것이다

인생항로에도 어찌 아니 이러하랴
얄팍한 지식과 경험, 보잘것없는 재물
어찌 영원한 생명의 말씀과 견줄 수 있으랴

(2014. 9. 16)

천국 가는 길을 잃게 한다

"음식의 실수는 음식을 버리면 되지만
의술의 실수는 사람을 죽게 하는 것이다

부모를 죽인 원수를 복수하려는 분노를 품고
살리는 의술과 죽이는 의술을 배우고 나니
그 원수가 바로 내 앞에서 치료를 받는 경우가 생기더라"

제주 관아(官衙)의 수의녀(首醫女)가
수라간 나인이었던 역모죄인 관비(官婢) 장금이를
제자로 삼아 의술을 가르치며 한 말이다

어머니와 한 상궁의 원한을 풀어주려고 의녀(醫女)가 되어
대비마마 중전마마 상감마마 증세를 살펴
내의원의 의원도 모르는 병을 노심초사 낫게 한다

189

원수 최 상궁과 그 배후 권세자의 범행이 밝혀질 무렵
의녀 장금이는 최 상궁의 병을 치료하려 침을 뽑아 잡고
손목에 살리는 침을 놓을까, 어깨에 죽이는 침을 놓을까
침 잡은 손을 손목에서 어깨로 오르내리며 땀을 흘리고 있다

한참 후에야 살리는 침을 꽂고는 잔잔한 숨을 내쉰다
그녀는 분명 들려오는 말씀을 들었을 것이다
"너희 원수를 사랑하라" (마 5:44, 눅 6:27)

한 편의 연속극에 대사로 나오는 참된 말씀
세상 글을 잘못 쓰면 입힌 손해 갚아주면 되지만
말씀을 잘못 전하면 천국 가는 길 잃게 하겠구나

(2014. 9. 19)

*연속극 '대장금'을 보며

내 삶 속에 들어오서

뜻을 품을 수 있으나 행동으로 옮길 수 없고
선을 행하기로 결심하지만 행하지 못하고
악을 행하지 않기로 결심하지만 악을 저지르고 만다
이는 너무도 반복적으로 일어나 예측할 정도다

내가 정말 하나님의 명령을 즐거워하지만
내 마음에 다른 부분이 반란을 일으켜서
예상치 못한 순간에 나를 장악해 버린다
이 순간 죄의 세력에 끌려 엉뚱한 일을 행한다

내가 지금 갈래길에서 허둥대고 있는데
모순 가득한 내 삶 속에 들어오서
모든 것을 바로 세워 주시는 분이 계시니
바로 예수 그리스도이시다

191

이른 새벽
내 마음 속에 한 마디 한 마디
사도 바울이 전해 주는 소리가
조용히 들려온다

(2014. 9. 21)

*로마서 7장 15절~25절을 읽으며
*유진 피터슨(Eugene H. Peterson, 1932~ , 미국) 지음. '메시지(the Message)'를 참고함

거룩한 산 제물

"너희 몸을 하나님이 기뻐하시는
거룩한 산 제물로 드리라"

아주 이른 새벽 낭랑하게 들려오는 소리
가슴을 찔끔하게 울려준다

내 몸과 마음을 하나님이 기쁜 마음으로 받으실
순결하고 흠이 없는 제물로 내어놓으라

사도 바울이 3차 선교여행을 마치고
예루살렘으로 돌아오려던 무렵
고린도에 머물며 로마에 있는 교인들에게
간절히 당부하는 소리가 이렇게 생생하게 들려온다

내가 산 제물이 되는 길은
산 채로 불 위에 던져지는 것 아니란다

눈으로 악한 것을 바라보지 말며
혀로 수치스런 말 아니 하고
손을 펴서 구제하고

입은 저주하는 자를 축복하며
귀는 말씀에 주의를 기우리라

나의 눈, 혀, 손, 입, 귀, 그리고 모든 지체를
부정한 것이 없는 첫 열매로 하나님께 드리라신다

(2014. 9. 22)

*로마서 12장 1절~2절 말씀을 상고하며, 최세창 지음. '로마서 주석' 을 참고하였음

사람 앞에 나서지 말자

"무엇을 아는 줄로 생각하면
아직도
마땅히 알 것을 알지 못하는 것이다" (고전 8:3)

사람들에게 말하지 않고는 못 배기는
바로 나에게 하는 사도 바울의 말이
이 새벽 또렷이 들려온다

하나님의 은혜로 자유로워진 내가
아직도 사람들의 종이 되어
그의 칭찬받기를 바람 분명하구나

조금 알게 되어 자랑하고 싶음
좋아하며 들어줄 할머니 아니 계시니
헛되고 헛된 일이다

자랑하고 싶은 내 정도의 지식
아직도 참지식을 모르고 있으니
겸허한 마음으로 사랑을 더 깨닫자

194

"나는 아무것도 알지 못한다는 것 밖에
아는 것이 없다"
소크라테스의 조용한 소리 들린다

사람 앞에 나서지 말자
아직도
나는 젖먹이 갓난애기

(2014. 9. 25)

예수님이 아마하실 거예요

다가와 고쳐주신다

예루살렘 동북쪽 양문(羊門) 곁 베데스다 못가에 행각
병자, 맹인, 다리 저는 사람, 혈기 마른 사람들 누워있네
그 중에 서른여덟 해 된 병자도

그들에게 희망이란 한 가닥
천사가 내려와 물을 움직인 후에
먼저 들어가 병 고침을 받는 것

희망이 없는 곳에 원망과 불평뿐
서른여덟 해 된 병자
가는 동안에 다른 사람이 벌써 내려간다고

소망 없는 세상에도
잘 되면 내 복, 안 되면 조상 탓
탓하는 곳에는 평안이 없다

"일어나 네 자리를 들고 걸어가라"
누구 하나 보살펴주는 자 없으나
주님은 다가와 고쳐주신다

196

병마에 괴로워하는 나
지금 바로 곁에 다가오신 주님
일어나 자리를 들고 걸어가라 하신다

생명력 넘치는 말씀으로
불평 원망하지 말고
주님을 모셔드리자

(2014. 9. 26)

*수원제일감리교회 이정찬 담임목사의 여선교회 연합예배에서 요한복음 5장 1절~9절
 말씀 설교를 듣고

197

예수님이 아파하실 거예요

예수님은 나의 주인

예수님을 나의 주인(主人) 어른으로 모시려면
내가 먼저 종이 되어야 한다

이것이 그렇게 어려워
평생이 다 지나고 있었구나

그나마도 성령님의 도우심 없었다면
엄두도 못 낼 일이었다

바르게 살아가기를 바라심에 어긋난 나를
바른 길로 가게 손 잡아 주시는 분이다

얼마 남지 아니 한 삶을
충실한 종이 되어 조용히 감사하며 살리라

(2014. 9. 27)

*고린도 전서 12장 3절 말씀을 읽으며

사람됨의 회복

우리 육체의 근본은 흙이니 흙의 성품으로
우리 영혼은 생령이니 하나님의 형상으로
되돌아가는 것이 사람됨의 회복(恢復)이다

흙은 못 쓰는 것, 좋은 것 다 받아들이니
약한 사람 미운 사람 마다않고
오는 사람 환영하자

흙은 남을 위하여 봉사하니
동굴이 되어, 집이 되어 사람과 짐승을
추위와 맹수로부터 값없이 막아주고
풀과 나무를 길러 꽃이 피고 열매를 맺게 하니
벗어난 길에서 바른 길로 돌아와 봉사하자

흙은 정직하니
콩 심으면 콩이 나고 팥 심으면 팥이 나듯
거짓없이 정직하게 살자

흙은 겸손하니
항상 사람들의 발아래 있어 밟히면서도

예수님이 아마하실 거예요!

거절하거나 대항하지 아니 하듯
세상권세에 짓밟혀도 겸손하게 받아들이자
그 권세도 하나님께로 비롯된 것이다 (롬 13:1)

사람뿐만 아니라 금수(禽獸)도 다 흙으로 지으셨으나 (창 2:19)
사람은 생령이니 (창 2:7)
흙의 성품뿐만 아니라 성령의 성품으로 돌아가는 것
사람됨의 진정한 회복(恢復)이다

"내가 너희를 사람을 낚는 어부가 되게 하리라" (마 4:19)
고기 잡는 어부 시몬과 안드레에게
예수님은 사람을 낚는 어부가 되게 하신 것이다
참사람 됨의 회복이다
하나님께서 사람과 금수를 다 같이 흙으로 지으신
그 깊은 뜻이야 어찌 알랴마는
우리가 흙으로 지음 받았으니 흙의 본성을 깨닫고
또 생령이 되었으니 지으신 분의 기대에 어긋나지 말라심 아닐까

"너는 흙이니 흙으로 돌아갈 것이니라" (창 3:19)
"사람들이 자기가 짐승과 다름이 없는 줄을

깨닫게 하려 함이라" (전 3:18)
"다 흙으로 돌아가리니 다 한 곳으로 가거니와
인생들의 혼은 위로 올라가고
짐승들의 혼은 아래 곧 땅으로 내려가느니라" (전 3:20~21)
모세와 솔로몬은 이렇게 일러준다

"지음 받은 물건이 어찌 자기를 지은 이에게 대하여 이르기를
그가 나를 짓지 아니 하였다 하겠으며
빚음 받은 물건이 자기를 빚은 이에게 대하여 이르기를
그가 총명이 없다 하겠느냐" (사 29:16)
"진흙이 토기장이에게 너는 무엇을 만드느냐
또는 네가 만든 것이 그는 손이 없다 말할 수 있겠느냐" (사 45:49)
이사야는 자상스럽게 일러준다

우리가 금수(禽獸)와 같이 흙으로 지어져
생령이 되지 아니 하였다면
어찌 만물의 영장[1]이라 하였으랴

성령의 인도하심을 따라
흙의 특성과 성령의 성품을 따라

지음 받은 형상대로 회복되기를 소망합니다

(2014. 9. 28)

*수원제일감리교회 이정찬 담임목사의 설교(마태복음 4:17~20)를 듣고
1) 고대 중국의 고전이며 유가(儒家)의 경전인 서경(書經)에 주(周)나라 역사를 기록한 주
   서(周書) 중(中) 태서 상(泰誓 上)에 주(周)나라 무왕(武王)이 상(商)나라 주왕(紂王)을
   치고자 군사를 이끌고 맹진(孟津)이라는 나루터에 이르러 제후들과 군사들을 모아 놓
   고 이번 싸움의 취지를 밝히고 군사를 격려하는 훈시중에 '하늘과 땅은 만물의 부모요
   사람은 만물의 영장(惟人萬物之靈)이라' 하였다

나는 틀림없는 죄인이로다

곰곰이 생각해 보니
나를 지으신 하나님의 바라심을 벗어나
마땅히 되어야 할 모습이 되지 못하였습니다

하나님은 태초부터 아신 바요
지혜자 선지자들도 알고 전하여 주니
진정 나는 죄인입니다

사람의 마음이 계획하는 바가 어려서부터 악하다 (창 8:21)
범죄하지 아니 하는 사람이 없아오니 (왕상 8:46)
선을 행하는 자가 없도다 (시 14:1, 53:1)

사람이 어찌 그 창조한 자보다 깨끗하겠느냐 (욥 4:17)
여인에게서 난 자가 어찌 의롭겠느냐 (욥 15:14)
전혀 죄를 범하지 아니 하는 의인은 없도다 (전 7:20)

내가 만일 죄가 없다고 하면 내가 나를 속이는 자요
진리가 내 안에 있지 아니 한 것이요
하나님을 불경스럽게도 거짓말하는 이로 여기는 것이요
말씀이 내 안에 아니 계심을 내어보이는 것이다 (요일 1:8, 10)

예수님이 아파하실 거예요

그러므로 나는 정직하게 죄인임을 자백하니
미쁘시고 의로우신 하나님께서
내 지은 죄 용서하여 주시고
어긋난 사이를 원상대로 바로잡아 주실 것이로다 (요일 1:9)

(2014. 10. 5)

*요한 일서 1장을 읽으며

흙 이야기

양지바른 담장 아래
조개껍질, 풀잎, 고운 흙가루만 있으면
옆집 순이와 소꿉 살림 넉넉했다

해방되던 해 팔월 서울 하늘에
원자폭탄 싣고 B-29 흰색 작은 열 십자(+)
아버지 따라 흑석동 방공호 속에서 풍기던 흙냄새

다른 아이들보다 늦은 나이에 홍역(紅疫)을 앓고 나서
찢어진 벽지 틈으로 흘러나오는 고운 흙가루
아삭거리지 않고 그렇게도 맛있었다

지게에 나무 한 짐 지고
소나기 삼 형제를 만나 걷는데
쏟아 붓는 빗방울로 풍겨 오른 흙향기

소 먹이 풀을 베다 낫에 손을 베어
피가 흐르면
고운 흙가루 집어 바르면 멈췄지

운동회 달리기하다가 넘어져
뒤쫓던 아이들 다 지나면서

풍기는 흙먼지 속에서 분하여 눈물 흘렸지

논산 훈련소 침투사격장에서
철조망 밑을 통과하다가
흙탕물 흠뻑 뒤집어 쓰던 일

고향에 오는 어둔 밤이면
개펄 향기 바람결에 반겨주고
어머니 창문 열고 등불 저어주셨다

한라산(漢拏山) 정상에서 설한폭풍(雪寒暴風) 만나
백록담 더듬다가 구상나무 지나온
흙향기 힘을 보태 주었지

뇌경색(腦硬塞)으로 지팡이 짚고 걸으니
고마운 이웃할머니는 걱정이 되어
흙길을 걸으라 일러준다

공중에 날으는 새, 땅 위를 기어다니는 짐승
만물의 영장이라는 사람까지도
다 흙으로 지으셨단다

(2014. 10. 11)

206

이것까지 참으라

예수님은 자주 다니시던 감람산에서 제자들에게
"유혹에 넘어가지 않도록 기도하라"

슬픔에 잠겨 잠든 제자들에게
"어찌하여 자느냐 시험에 들지 않게 일어나 기도하라"

말씀을 하시자마자 한 무리가 유다를 앞세우고 나타나
예수님께 입을 맞추러 유다가 가까이 왔다

예수님은
"유다야 네가 입맞춤으로 인자(人子)를 팔려 하느냐"

베드로가 대제사장의 종 말고에게 칼을 휘둘러
그의 오른쪽 귀를 잘라 버렸다

예수님은
"이것까지 참으라" 하시고, 그 귀를 만져 낫게 하셨다

이 말씀은 베드로에게
무리가 주님을 잡아가는 것까지 참으라 하신 것이다

오늘날 우리가 살고 있는 세상
분노로 가득한 이 세상은 어두워 무서운 밤이다

세상 사람들의 패역, 사람들로부터의 모욕
미숙한 이웃을 향하여 참아야 한다고 일러주신다

사람들이 패역(悖逆, injustice)함을 보고 들어도 참아라
사랑하는 제자 중 하나가 잡으러 다가온 것까지 참으시듯

사람들로부터 모욕(侮辱)을 당하여도 참으라
다가올 기쁨을 위하여 십자가의 모욕을 참으시듯

형제의 미숙(未熟)함을 보아도 참으라
미숙한 우리를 이처럼 성숙하기를 기다리며 참으시듯

"보이면 보는 대로 들리면 들리는 대로 다 참으시고
조용히 마음으로 판단해야 돼요"[1]

다스리는 자도 다스림을 받는 자도
이것까지 참아야 세상에 평안이 온다

죄 없는 주님이 잡혀가는 것까지 참았기에
죽음의 권세를 이기시고 부활하심으로
우리는 다시 태어나는 은혜를 받았도다

(2014. 10. 12)

*수원제일감리교회 이정찬 담임목사의 '이것까지 참으라' (누가복음 22:47~53) 설교 말
씀을 듣고
1) '선덕여왕' 사극 중에 신라를 바로잡으려는 덕만공주(후에 선덕여왕이 됨)에게 유모가
옆으로 다가와 등을 두드려주며 일러준 말이다

예수님이 아마하실 거예요

다시 보아도 좋은 그림

아주 오래간만에 그림책을[1] 펴 한 장 한 장 넘긴다
법원이 덕수궁 뒤에 있던 시절 점심시간이면 들어가
돌아보다가 미술관에서 운 좋으면 해설도 듣곤 했던
기억 속에 다시 보아도 좋은 그림을 만났다

몽유도원도(夢遊桃源圖)[2]
안평대군의 꿈을 그린 재미있는 그림인데
겹겹이 산으로 싸여 있는 속에 복숭아꽃이 만발하고
꽃잎은 흘러 내려오고 산봉우리 즐거워 우쭐우쭐 춤을 춘다

애굽 바로 왕의 꿈을 해몽하여 주면서
하나님께서 하시려는 것을 일러주며
그 대비책까지 알려주어
그 나라의 총리가 되었던 요셉의 이야기가 연상된다[3]

금강전도(金剛全圖)[4]
정기(精氣) 어린 내 나라 내 땅을 사랑하고
이 땅에 살고 있는 기쁨을 한껏 풍겨내고 있는 진경산수(眞景山水)로
금강산 일만 이천 봉우리를 한 폭에 담았도다

이삭줍기[5]
어머니께서 가시는 곳에 나도 가고 머무는 곳에 나도 머물겠나이다

나오미의 며느리 룻이 예루살렘 들녘 보아스의 보리밭에서
이삭 줍는 모습 완연하구나

만종(晩鐘)[6]
하루의 농사를 즐겁게 마치고 저녁예배 종소리에 기도하는 부부
아담을 위하여 돕는 배필 하와를 만드신 대로의 모습
이 모습은 분명 인류의 영원히 변치 못할 모습이어라

폭포(瀑布)[7]
물이 쏟아지며 구름을 일게 하고
구름은 안개 되어 몸 감추려 하나
아름다운 산과 강을 덮을 수는 없구나

(2014. 10. 13)

211

1) 도설 한국미술오천년(圖說 韓國美術五千年)과 국제판 세계의 명화(國際版 世界名畵)
2) 안견(安堅)이 세종대왕의 넷째 왕자 안평대군(安平大君)의 꿈을 듣고 그린 그림
3) 야곱의 11번째 아들 요셉이 팔려간 애굽 땅의 왕 바로가 꾼 꿈을 듣고 해몽하여 총리가
   된 일(창세기 41:15~43)
4) 겸제 정선(兼齊 鄭敾, 1676~1759)이 그린 그림. 한국산수화(韓國山水畵)의 정형(定型)
   을 이룩함
5) 장 프랑수아 밀레(Jean Francois Millet, 1814~1875, 프랑스)의 그림
6) 밀레의 그림
7) 스승인 추사(秋史) 김정희(金正喜)가 제자 허련(許鍊, 1808~1893)에게 "압록강 동쪽으
   로 소치(小癡)를 따를 만한 화가는 없구나" 하였던, 소치는 진도(珍島)에 낙향하여 첨찰
   산 아래에 운림산방(雲林山房)에서 37년간 그림을 그렸다. 소치 허련(小癡 許鍊), 미산
   허형(米山 許瀅), 남농 허건(南農 許楗), 임인 허림(林人 許林), 임전 허문(林田 許文) 4
   대로 이어지고 있다. 이 분들 중에 임전 허문(林田 許文)의 그림이다. 이는 운무산수화
   (雲霧山水畵)로 독창력을 보여준다

송홍만 제18시집

예수님이 아파하실 거예요

지은이 / 송홍만
발행인 / 김재엽
발행처 / **한누리미디어**
디자인 / 지선숙

121-840, 서울시 마포구 잔다리로 35(서교동) 서원빌딩 2층
전화 / (02)379-4514, 379-4519
Fax / (02)379-4516
E-mail/hannury2003@hanmail.net
http://hannury/kt114.net

•

신고번호 / 제300-2006-61호
등록일 / 1993. 11. 4

•

초판발행일 / 2014년 11월 5일

•

ⓒ 2014 송홍만 Printed in KOREA

•

값 10,000원

•

※잘못된 책은 바꿔드립니다.

ISBN 978-89-7969-492-5 03810